나를 알기 위해서
쓴다

나를 알기 위해서 쓴다

정희진 지음

정 희 진 의 　글 쓰 기 　2

교양인
GYOYANGIN

| 일러두기 |

각 글의 제목 아래 들어간 서평 도서는 도서명과 저자명만 실었다. 상세한 서지 사항은 본문 뒤 '부록'으로 실었다.

차례

2장 우리는 타인을 위해 산다
'너'를 만나는 글쓰기

| 머리말 |

글이 나다

강을 건너는 방법은 두 가지가 있지요. 배를 타는 것과 스스로 강이 되는 것. 대부분의 작가들은 배를 타더군요. 작고 가볍고 날렵한 상상의 배를. – 정찬*

시간이 좀 더 있었다면 더 나은 책을 쓸 수 있었겠지만 상업적인 용도로 글을 쓰는 작가로서는 다른 선택의 여지가 없었다. – 메리 울스턴크래프트**

---

* 정찬, 〈슬픔의 노래〉, 《제26회 동인문학상 수상작품집》, 조선일보사, 74쪽.

** "《여성의 권리 옹호》는 울스턴크래프트가 32세 되던 해, 즉 본격 저술 활동을 시작한 지 오래되지 않은 해인 1791년 겨울에 쓴 저작이다. 6주 만에 집필했다는 이야기도 있고, 1791년 9월부터 쓰기 시작해 1792년에 완성했다는 견해도 있다. 분명한 것은 당시의 출판 관행에 따라 퇴고할 시간을 충분히 갖지 못한 채 초고가 출간되었다는 사실이다. 이에 따라 문법적 오류도 많고 완성도가 고르지 못하다는 비판이 뒤따랐다.", 해제, 《여성의 권리 옹호》, 메리 울스턴크래프트 지음, 문수현 옮김, 책세상, 197쪽.

'글을 쓰는 자'는 누구인가

글쓴이와 글의 관계는 언제나 논쟁거리다. 하이데거나 폴 드 만의 나치 부역 문제에서부터 한국 현대사를 지배한 '친일파'와 그들의 글에 대한 논란이 대표적이다. 최근의 사례로는 문단의 미투운동을 들 수 있을 것이다.

글쓰기에서 정치적, 윤리적, 미적 기준은 무엇일까. 인간은 근본적으로 불완전한 존재이기에, 단지 공과(功過)의 문제일까. 성폭력 가해자의 시는 교과서에서 삭제해야 할까? 글쓴이는 자기가 쓴 글대로 살아야 하나? 혹은 글쓴이와 글은 별개일 수밖에 없는가. 많은 예술가 지망생들이 호소하는 "저 사람은 인간성은 꽝인데, 작품은 왜 좋은 거야." 같은 절망은 위에 언급한 논쟁거리의 일상적 사례다. "공부만 잘하면 뭐 하나, 인간이 되어야지.", "좋은 배우이기 전에 좋은 사람이 되겠습니다." 같은 언설도 이 연장선상에 있다.

글쓴이의 품성과 재능에 대한 논쟁은 확언할 수 없는 복잡한 문제라고 하지만 내 생각은 좀 다르다. 이러한 논란 자체가 모순 아닐까. "내가 먹는 것이 나다(I am what I eat), 내가 행하는 것이 바로 나다(I am what I do)."라는 진리처럼, 나는 "글은 곧 글쓴이다(I am what I wrote 혹은 'All that me')."라고 생각한다. 아니, 글만큼 그 사람 자체인 것도 없다.

앞에 쓴 논란이 발생하는 이유는 다음과 같은 조건을 고려하지 않았기 때문이다. 첫째 어떤 글이 좋은 글인가에 대한 합의가 불가능하다는 점, 둘째 글쓴이를 포함해 모든 사람은 다중적(多重的)인 존재라는 사실을 간과한 결과이다. 셋째는 글쓴이와 글과 독자의 관계, 즉 세 주체의 상호작용을 고려하지 않은 '절대 평가'(흔히 '보편적'으로 잘 썼다고 평가받는 글. 그러나 독자의 입장에서는 다를 수 있다)가 만연해 있기 때문이다. 게다가 절대 평가의 기준은 사회적으로 구성되기 때문에, 그 또한 객관적인 것은 아니다. 언어가 사회적 산물이듯, 언어에 대한 평가도 우리가 속한 사회를 고려하지 않으면 안 된다.

"내가 쓴 글이 (그 글을 쓴 당시의) 나다." 사람과 글은 일치한다. 그런 면에서 나는 지나친 개작이나 윤문은 바람직하지 않다고 생각한다. 작가의 욕망일 뿐이다. 얼마 전 TV에서 캐럴 리드 감독의 1949년작 영화 〈제3의 사나이〉를 소개하는 프로그램을 보았는데, 진행자가 "70년이 지난 지금 봐도 걸작이다."라는 요지의 말을 했다. 그의 의견에 전적으로 동의한다. (오손 웰스의 연기!) 이런 방식의 상찬은 흔하다. 문학이든 영화든 음악, 미술 모두 "시공간을 초월한 걸작, 클래식".

하지만 모든 작품에 대한 평가는 그 사회의 정치, 경제, 담론의 일부이자 그 산물이다. 또한 고전, 클래식, 정전(正典, canon) 개념은 가부장제 역사의 산물이다. 수천 년간 지식과 언어를 독점해 온 그들만의 세계에서 '아버지'를 만들고, 그 계보 안에 자신을 배치하려는 권력욕이다. 베냐민은 백번 옳았다. "역사 기술과 읽기는 기본적으로 감정 이입이다. 역사의 승자와의 동일시이다." 승리와 성공(success)을 욕망하는 이들은 자신을 과거의 계승자(successor)라고 믿는다. 그러나 민초의 역사는 기존 역사를 해체하고자 한다. 고전에 대한 집착이나 읽기 스트레스는 이 계승의 욕망에서 비롯된다.

일반적으로 소설가는 '감동적인, 재미있는 스토리텔러(이야기꾼)'로 여겨진다. 하지만 나는 소설가는 사상가라고 생각한다. 그리고 (학위) 논문에서 가장 중요한 평가 요소는, 기존의 이론으로는 설명할 수 없는 현실에 대한 질문, 문제 제기라고 생각한다. 하지만 이 역시 모든 사람이 동의하는 것은 아니다. 게다가 실패하기 쉬운 도전이다. 새로운 질문은 새로운 연구 방법과 글쓰기를 요구하기 때문에 문제의식에 맞는 형식미를 갖추기 어려운 측면이 있다. 그렇다고 해서 문제의식 자체가 폄하되어서는 안 된다.

한편, 글쓴이의 상황은 고정되어 있지 않다. 나이, 경험, 정치적 사건 등에 따라 계속 변화한다. 그뿐만 아니라 자기 갱신은 예술가의 의무이기도 하다. 하지만 현실에서는 '퇴보'하는 이가 있는가 하면, 계속 성장하는 이도 있다. 이문열과 황석영, 두 사람 모두 초기 작품과 이후 작품에 큰 차이가 있다. 나는 그들의 10대 후반, 20대가 그립다. 사람이 '변(절)'하거나 문제의식이 바뀌는 것은 당연하다. 그러므로 그들의 작품 전체를 하나의 잣대로 평가해서는 곤란하다. 물론 박경리나 박완서의 작품처럼 시종일관 훌륭한 경우도 있다. 모든 평가는 맥락적이어야 한다(case by case). 시대 상황에 따라 결이 다른 글을 쓰는 작가에 대한 평가도 마찬가지다. 혹은 다른 가치관이 등장하여 평가가 달라지는 일도 흔한 일이다(이른바 '재조명'). 1980년대 박노해의 시와 최근 그의 작품은 다르지만 나는 둘 다 좋아한다. 한 작가의 작품이 수작(秀作)의 경계에 있다가 예측하지 못한 방향으로 흐르는 경우도 다반사다.

내가 30대에 페미니즘에 대해 쓴 글들은 주로 정체성의 정치로서 젠더를 가시화하는 데 목적이 있었다. 그러나 지금은 신자유주의와 페미니즘의 '잘못된 만남' 혹은 사회 구성 요소, 인식론으로서 젠더(메타 젠더)에 좀 더 관심이 많은 편이다. 요약하면, 글에 대한 평가의 차이와 그 차이들의 경합, 그리고 글쓴이의 변화라는 요소를 고려한다면, 글쓴이와 글은 일치한다. 정확히 말하면, '그 글'과 '그 글쓴이'는 일치한다.

나는 어디에 서 있는가

이 책은 '글쓰기 이론'의 맥락에서, 글을 쓰는 사람에 관한 이야기이다. 내게 글쓰기는 삶이자 생계이다. 계속 고민할 수밖에 없다. 이리저리 서가를 기웃거리고 혼란스러워하다가 깨달은 사실은 동서고금을 막론하고 모든 앎(knowledge)의 목표와 방법은 같다는 것이다. 거칠게 말해, 플라톤과 주디스 버틀러는 같은 이야기를 하고 있다. 앎의 이유와 목표는 자신을, 우리 자신을 아는 데 있다. "주제 파악을 하라, 너 자신을 알라."라는 의미라기보다는, 행위는 곧 행위자라는 뜻이다. 행위자(나)를 알려면 자기 행위의 의미를 알아야 한다. 내가 누구인지를 알아야 내가 아는 지식을, 내가 쓴 글을 알 수 있다. 하지만 "나는 누구인가?"라는 질문으로는 '나'를 알기 힘들다. 이 질문은 "나는 어디에 서 있는가?"라는 탐구로 바뀌어야 한다.

나를 정의할 수 있는 사람은 아무도 없기 때문에 우리는 평생을 자신을 아는 일에 몰두할 수밖에 없다. 글쓰기에서 나를 설명하는 다양한 방식이 있다. 어떤 대상과의 동일시인 정체성(正體性, identity), 누구나 지니고 있지만 드러내지 않거나 부정되는 당파성(partiality, 당파성은 영어 표현 그대로 부분성이다), 끝없이 변화하는 과정적 주체로서 유목성, 사회와 타인과의 관계에서 자신의 위치를 아는 위치성(positioning), 글과 글쓴이와 독자 사이의 사회정치적 맥락 상황, 흔히 성찰로 번역되는 재귀성……. 이 책을 읽으면서 위의 개념들을 떠올리면 가성비 높은 독서가 될 것이다.

내가 알고 싶은 나, 내가 추구하는 나는 협상과 성찰의 산물이지 외부의 규정이어서는 안 되므로/아니므로 우리는 늘 생각의 긴장을 놓을 수 없다. 글은 그 과정의 산물이다.

‘몸으로 쓴다’는 것에 관하여

2014년 《정희진처럼 읽기》가 출간된 후 글쓰기에 관해 질문을 많이 받았다. 강의 섭외 주제도 여성학 관련과 글쓰기의 비중이 비슷할 정도였다. “고전 읽기는 어디서부터 시작해야 할까요?”, “《토지》를 만화로 읽는 것이 의미가 있을까요? 안 읽는 것보다는 낫지 않을까요?”, “글을 잘 쓰는 사람이라면 글쓰기도 잘 가르칠 수 있을까요?”, “도대체 책을 얼마나 읽어야 하나요?”, “왜 여성학자가 글쓰기를 가르치나요?”, 심지어 “프랑스 현대 철학에 대한 요약 좀 부탁드립니다.”까지.

물론 가장 많이 받은 질문은 관념적이다 못해 광활하고 외로운 질문, “어떻게 하면 글을 잘 쓸 수 있을까요?”다. 나는 이렇게 대답한다. “저도 알고 싶어요.” 혹은 “제 생각에는, 너무 많아서 다 실천할 수가 없을 것 같아요.” 굳이 이 질문에 대한 나만의 ‘답’이 있다면, ‘살아내는 대로 쓴다’이다. 흔히, ‘몸으로 쓴다’는 표현이 가장 가까운 의미인데, 이 역시 책 한 권으로도 다 담아내지 못할 이야기다.

다만, 여성주의와 글쓰기의 관계에 대해서는 잠깐 언급하고 싶다. 단도직입적으로 여성주의만큼 글쓰기에 도움이 되는 학문은 드물다. 아니, 글쓰기와 여성학의 인식론, 방법론은 거의 같다고 해도 과언이 아니다. 인문학은 언어의 역사이고, 여성주의는 언어의 역사가 형성된 과정에 대한 질문이기 때문이다. 언어를 자명하게 받아들이지 않고, 그것이 만들어지는 과정에 개입된 권력 관계를 질문한다면, 기존 여성주의를 포함해 세상의 모든 언어는 상대화와 붕괴(의미의 다변화)의 운명을 타고 났다고 할 수 있다. 따라서 여성주의와 글쓰기 공부는 별개의 실천이 될 수 없다. 여성주의는 하나의 분과 학문(국문학, 영문학……)이 아니라 평화학이나 탈식민주의나 생태학처럼 일종의 인식론이다.

이 글의 첫 인용구인 소설가 정찬의 글은 주체와 대상의 분리에서부터 몸으로 글쓰기, 타인을 억압하지 않는 자기 해방, '강'과 '배' 그리고 건너는 방식(삶) 등 여러 가지를 생각하게 한다. 내가 말하고 싶은 이 책의 주제, 특히 '글을 쓰는 자'에 대한 나의 모든 관심을 요약하고 있다.

두 번째 인용구는 스무 살에 최초의 공상 과학 소설 《프랑켄슈타인》을 쓴 메리 셸리의 어머니이자 그를 출산하다 서른여덟 살에 산욕열로 사망한, 영국의 근대 사상가 메리 울스턴크래프트(1759~1797년)의 목소리다. 인쇄술이 발달하고 여성 저자와 독자가 생길 무렵에 활동했던 그의 처지와 2백여 년이 지난 지금 나의 처지가 다르지 않음에 절망과 슬픔을 지나 '안도'했다. 나는 송고할 때쯤 스스로에 대한 비참함으로 마음속 땅으로 꺼졌다가 책상에 얼굴을 박고 머리를 흔드는 버릇이 있다. 편집자에게 늘 하는 말도 "시간에 쫓겨 완성도가 부족한 글을 보내 죄

송합니다."이다.

근대 페미니즘의 선구자, 울스턴크래프트의 걸작도 생계 수단으로 탄생했다는 사실이 나를 위로한다. 《여성의 권리 옹호》도 작가 자신의 말대로 "상업적 목적으로 '부실하게' 나온 책"이라니! 겸손의 뜻도 있겠지만 절박성이 느껴진다.

한국 사회에서 '여성 독립 연구자'로서 매문(賣文)으로 생계를 유지하는 나는 매일매일 글의 수위를 놓고 나 자신과 사회와 협상을 거듭한다. 그렇다고 내 생각이 모두 '훌륭한' 것도 아니고 '좋은' 사유가 모두 글로 표현되는 것도 아니다.

울스턴크래프트의 이야기는 나의 스트레스와 부끄러움에 '역사성'을 부여했다. 나만 겪는 일이 아니라는 것이다. 더 용기를 내리라. 물러서지 않고 기다리리라.

2020년 1월, 정희진

1장

몸에서 글이 나온다

구리 거울

청춘의 감각, 조국의 사상 _ 김윤식

나는 지금 15년 전 김윤식을 따라 일본 교토 거리를 걷고 있다. 그의 교토 문학 기행《청춘의 감각, 조국의 사상》의 여정대로 염상섭의 하숙집, 윤동주와 정지용과 김환태가 공부한 도시샤대학, 윤동주와 송몽규가 살았던 교토 시 사쿄쿠(左京區) 시내, 정지용의 시 '압천(鴨川)'에 서 있다. 이 작은 강가를 산책했던 윤동주를 생각한다. 아름다움과 순수에 대한 나의 냉소를 부끄럽게 만든 그의 시와 시대가 한꺼번에 쏟아진다. 착하게 살아야겠다고 다짐한다.

내가 경험한 교토의 역사, 자부심, 묘한 아름다움은 여기 다 쓸 수 없다. 일본은 서구를 더 서구답게 실현한, 원본을 초과 모방한 제국이다. 그런 점에서 일본은 금세기 인류 역사—식민, 탈근대, 자본주의, 오리엔탈리즘, 옥시덴탈리즘, 역사적 시간의 공간화—의 축도다. 특히 우리에게 일본은 계몽주의와 자본주의와 식민성이라는 욕망과 모욕의 고통스러운 조합을 체험케 한 어지러운 거울이다.

교토에 올 때마다 한국 사회가 얼마나 중화(中華)와 미국 중심주의를 스스로 뒤집어쓰고 앉아 우물 안 개구리를 자임하며 불안한 안도에 시달리고 있는가를 깨닫게 된다. 콤플렉스는 일본에 대한 무시와 과잉 반응으로 나타난다. 하지만 일본은 영혼까지 자본주의에 체화된 '선진' 사회다. 교토는 나를 압도한다. 2등 국민(여성)인 나도 지금 이렇게 기분이 나쁘고 미칠 것 같은데, 일제 때 유학 온 식민지 조선인들에게 일본은 어떤 존재였을까.

책은 한국 근대 문학 전공자인 저자가 우리 문인들의 젊은 시절이 어떻게 형성되었는지를 분석한다. 헤겔, 마르크스, 포이어바흐, 루카치를 렌즈로 쓰기도 하지만 정작 빛나는 것은 김윤식 자신의 시각이다. 그는 이양하, 윤동주, 정지용이 헤겔과 니시다 기타로 철학의 영향을 받았으며(255쪽) 교토의 천 년과 경주의 천 년이 같을 수 없다는 현실을 인정한다.(19쪽)

식민지 사람은 자신에 대한 의문 속에 살아간다. 타인의 언어로 나를 설명해야 하기 때문이다. 나는 저들(서구)의 파생인가, 포즈에 불과한가. "파란 녹이 낀 구리 거울 속에/ 내 얼굴이 남아 있는 것은/ 어느 왕조의 유물이기에/ 이다지도 욕될까."(89쪽) 김윤식이 인용한 윤동주의 〈참회록〉 일부는 이 책과 한국 현대사를 요약한다.

서구 철학 전통에서 거울은 자기 인식의 단계이자 도구로 여겨져 왔다. 하지만 거울을 통한 인식은 착각에 불과하다. 자기 눈으로 자기를 본다? 보는 주체와 보이는 대상이 같다면 자기 복제가 아닌가. 결국 자기 시력(視歷) 수준에서밖에 볼 수 없다. 보고 보이는 것으로부터 자유. 안다는 것은 보는 것이 아니라 움직이는 과정에서의 관계성이다. 인간은 자기 외부의 타자를 통해서, 나와 다른 타인을 통해서, 서로 시선을 주고받으며 부분적으로 자기를 인식할 수 있을 뿐이다.

물론 가장 큰 문제는 거울 자체에 있다. "이제는 돌아와 거울 앞에 선 내 누님"과 "구리 거울"은 두 시인의 생애만큼이나 대조적이다. 미당의 거울은 어설픈 흉내다. 나르시스의 거울, 바슐라르의 투명한 거울(90쪽)은 서구에도 없다. 거울의 위계는 곧 존재의 위계다. 녹슨 구리 거울, 감옥의 플라스틱 거울, 공중 화장실의 얼룩진 거울, 요철(凹凸) 렌즈……. 여성, 제3세계 민중, 주변인에게는 투명한 거울이 주어지지 않는다. 윤동주는 정확했다. "구리 거울은 욕되다."

거울의 차이는 자기 인식의 불평등을 뜻한다. 깨끗한 거울을 갖고 싶은 욕망은 지배의 효과다. 맑은 거울에 비친 손상 없는 자아는 가능하지 않지만, '백인 남자'는 자기 모습을 인간의 기준으로 삼는 데 '성공'했다. 그러므로 거울을 중심으로 생각하는 한 해방은 없다. 거울에 저항하는 방법으로 굴절이나 반사(反射, speculum)를 제안할 수도 있겠지만 나의 대안은 거울을 깨버리는 것이다. 주먹으로 박살난 거울의 파편에 비친 세상. 이 분열 없이는 우리는 타인의 규정에서 벗어날 수 없다. 비평가가 왜 예술가이겠는가. 김윤식은 이 책에서 내내 피로감을 호소한다. 윤동주의 '구리 거울'이 지금도 남아 있기 때문이다.

'나는 누구인가'를 묻는 저들

유착의 사상 _ 도미야마 이치로

어려운 글은 없으며 익숙하지 않은 사유가 있을 뿐이라는 내 주장이 맞다면, 주디스 버틀러와 도미야마 이치로가 대표적인 필자일 것이다. 두 사람의 공통점은 숨막히는 구체성과 당파성이다. 특히 도미야마의 문장은 연결되어 있지 않다. 문장과 문장 사이가 운동한다. 그의 몸은 유(流)와 착(着)을 반복하면서 나아간다. 과정으로서의 글쓰기다. 말이 바로 실천이 되는 현장이 거기 있다.

그의 《전장의 기억》, 《폭력의 예감》에 이은 3부작 《유착의 사상》이 출간되었다. 이 책 역시 구체성이 주는 밀도가 압권이다. 식민지 사람으로서 '나'의 의미를 고찰하는 3장은 루쉰으로 시작한다.(116쪽) 루쉰은 1926년 3 · 18 사건이 있던 날 "먹으로 쓴 허언(虛言)은 피로 쓴 사실을 감출 수 없다.", "피로 진 빚(血債)은 반드시 피로 갚아야 한다."라고 말했다. 하지만 2년 뒤

"글은 결국 먹으로 쓰는 것이다. 피로 쓴 것은 혈흔에 지나지 않는다. 물론 그것은 글보다 더 감동적이며 더 직접적이긴 하지만 색이 변하기 쉬우며 사라지기 쉽다."라고 했다. '피'와 '먹'은 비유가 아니다. 글자 그대로다. 현실은 말로 구성된다. 실체를 실체로 만드는 것도 언어다.

나는 누구인가. 모든 사람이 이 질문을 하는 것은 아니다. 이 물음은 내 경험과 사회의 시선이 일치하지 않을 때, 타인이 멋대로 나를 규정할 때 솟아난다. 나는 누구인가를 고민할 수밖에 없는 상황은 "넌 누구냐?"라는 심문(審問)에 대한 일차적 반응이다. 식민자는 피식민자가 나는 누구인가를 스스로 상기하게끔 끊임없이 몰아붙인다.(124쪽) 이 질문은 면벽 수도의 자기 탐구처럼 보이지만 실은 전면적인 폭력의 시작이다. 누구나 삶의 특정 시기에 이 물음이 요구되는 순간이 있다. 어떤 이들은 평생 이 질문과 씨름해야 한다. 다시 강조한다. "나는 누구인가."는 "넌 누구냐."이고, 그것은 "(나는 인간인데) 너는 뭐냐."라는 폭력이다.

저자가 일관되게 문제 삼는 것은 이러한 상황이 피억압자의 삶을 내내 뒤덮고 있는 신문(訊問)의 정치라는 사실이다. '여성', '아줌마', '성골(聖骨)과 진골(眞骨)'이 아닌 사람, 식민지 사람은 이중 메시지 상황에서 늘 자기를 설명하라는 요구에 시달린다. 이 지점이 중요하다. 도미야마의 질문은 답을 요구하는 것이 아니다. 그는 억압받는 사람이 취하는 방어 태세에서 '새로운 인간'의 가능성을 찾으려 한다.

고향은 계속 움직이는 자아의 다른 이름이다. 유착(流着)은 두 지역 사이의 이동을 의미하는 것이 아니다. 두 지역이라는 전제는 없다. 어디로 가느냐가 아니라 흘러간다는 출향(出鄕)이 중요하다. 출향의 끝에는 돌아올 수 없는 고향이 부상한다. 고향은 이탈 속에서 등장하고 상상 속의 미래 안에서 다시 한번 등장한다.(88~95쪽)

나는 누구인가라는 물음을 강요하는 저들에게 어떻게 맞설 것인가. 어떤 방어 태세를 취하면서 무엇을 확보해 나갈 것인가. 가장 흔한 답, 가장 쉬운 답, 그러나 불가능한 현실은 진정한 자아 찾기(나를 잘 설명하기)다. 이는 '우리'를 기존의 사고에 묶어 둠으로써 현실을 고착시키려는 식민자의 논리에 부응하여 "저들의 계통"을 강화한다. 상대가 이미 나를 정의하는 권력을 쥐고 있는, 속수(束手)의 상태에서 무슨 말을 하랴.

다시 루쉰으로 돌아가자. 그가 '피'와 '먹'을 통해 말하고자 한 것은 무엇일까. 그는 몸을 믿었다. 실천을 믿었다. 먹은 변신이자 번신(飜身)한 몸이다. 피는 내가 아니다. 피가 고인 상태의 몸은 없다. 말하고 쓰는 행위, '먹'이 곧 몸이다. 실천 과정에서 변화하는 몸이다. 먹의 가능성은 미래를, 변화할 가능성이 있는 현재(a transformative present)로 만들 수 있다.(29쪽) 도미야마는 유착이라는 주제를 통해 이러한 현재 개념에 모든 것을 건다.

유착은 히트 앤 런(hit and run)이 아닐까. 치고 빠지기. 탈주(脫走). 탈주(奪走)면 또 어떤가. 정주는 주둔이 아니다. 정주는 항상 흘러가서 닿은 결과고, 또다시 흘러갈 수도 있다는 예감이다.(90쪽)

용서라는 고통

용서라는 고통 _ 스티븐 체리

연휴에 본 영화의 한 장면. 어떤 남자가 오랫동안 계획해 왔던 '정당한 복수'를 미루자 그의 멘토가 "복수가 끝나면 더 살 이유가 없을까 봐?"라고 공감해준다. 주인공도 나도 끄덕였다. "다 지나간 일, 잊고 새 삶을……." 운운은 진부함 이전에 불가능하다. 어떤 이에겐 복수, 죽음, 삶이 차이가 없다. "그때 이미 죽었기 때문"이다.

내 사전에는 '용서'가 없다. 용서를 안 한다는 것이 아니라 개념 목록에 없다는 뜻이다. 나는 어떤 것이 용서인지, 그것이 어떤 행위인지, 어떤 행위여야 하는지 모르겠다.

용서가 아닌 "눈에는 눈, 이에는 이"는 바람직하지 않다? 나는 상대에 따라 다르다고 생각한다. 게다가 이 말은 논리적이지 않다. 전제가 없다. 이 말의 전제는 권력과 체격이 비슷한 사람들 사이의 갈등에만 해당한다. 상처와 피해는 현격한 권력 관계의 차이로 발생하는 문제다. 피해자는 가해자의 눈과 이를 해치려 해도, 보디가드가 많아서 혹은 가해자가 생사 여탈권을 쥐고 있는 현실 때문에 가해자의 얼굴에 접근하기 어렵다.

《용서라는 고통》은 피해자에게 용서를 강요하지 말라는 요지의 정의로운 책이다. 그런데도 한국 정서에는 부담이 되었는지 "상처의 황무지에서 싹 틔우는 한 줄기 희망"이라는 별로 희망적이지 않은 부제를 달았다. 원제(Healing Agony)에는 부제가 없다. 하지만 우리말 제목 《용서라는 고통》은 책 내용을 잘 요약한다. 나의 독후감은 좀 다른데 이 책은 용서의 고통보다 용서의 어려움, 불가능성에 대한 고찰이다.

저자가 인용한 극작가 피터 섀퍼의 《고곤의 선물》 중 극중 대사가 용서의 어려움을 정면으로 대변한다. "우리 안의 삐뚤어진 열정을 죽이는 것도 열정이에요. 가장 진실하고 용감하고 성숙한 열정은 발을 구르며 자신을 몰아가지 않아요. 분노에 휩싸여도 그 분노에 휩쓸리길 거부하는 게 열정이에요. …… 피비린내 나는 참극을 끊임없이 부추기며 우리 옆구리를 파고드는 이 뾰족한 창을 우리 스스로 뽑아버리지 않으면 안 돼요. 그것도 아주 조심스럽게 빼내야 하죠. 그 속의 창자까지 같이 딸려 나오게 해서는 안 되니까요."(22쪽)

용서는 피해자 자신을 위한 것이라고들 말한다. 진위 여부를 떠나 이런 말이 고통받는 이들에게 도움이 될까, 위로가 될까. 그들이(우리가) 원하는 것은 정의다. 상대편이 처벌받고 나와 똑같은 경험을 통해 깨닫는 것. 이것은 보복이 아니다. 최고의 위로다.

용서를 하든 복수를 하든 진짜 피해는, 피해자가 가해자와 그 사건과 살아야 한다는 사실이다. 남은 인생을 가해자와 함께하는 지옥. 피해자가 가해자와 분리되는 것은 불가능하다. 어떤 무림의 고수도 몸안에 들어온 뾰족한 창을 스스로 뽑기도 어렵거니와 창자가 딸려 나오지 않게 뽑았다 해도 살점은 남아 있다.

저자는 저명한 신학자지만 책에 특정한 종교색은 없다. 그러나 지속적으로 모욕과 억압을 당하는 민초들에게, 그리고 신을 빙자해 용서가 높은 경지의 인격인 양 떠드는 사람들에게 저자의 말을 전하고 싶다. "의외라고 생각할지 모르지만 구약성서와 마찬가지로 신약성서도 분노를 적대시하지 않는다. 분노의 지속이나 악화에 대해서는 경고하지만 분노를 엄연한 삶의 한 단면으로 인정한다. …… 한번은 성경 공부 모임에 랍비 한 분을 초대해 예수에 관해 이야기를 나눌 때였다. 그는 예수를 이렇게 평했다. '그분도 성미가 대단하셨지요.'…… 분노는 하느님의 나라를 갈구하는 마음속에 절대로 없어서는 안 될 요소다."(116쪽)

끝으로, 가해자를 떠나보내는 나의 복수 '비법'을 소개한다. 상대를 '없애는' 것이다. 관련된 모든 데이터를 삭제하고 전원을 꺼버린다. 무관심의 힘으로 그들을 비인간화시킨다. 비인간적으로 대하는 것이 아니라 물화(物化)시키는 것이다. 가해자를 대상화하면 나는 그/녀와 분리된다. 그다음, 피해 상황을 텍스트로 만든다. 글을 쓴다. 예술이 생존에 필수적인 이유다.

지나간 것과 새로운 것 사이에 침묵을 놓을 때

침묵의 세계 _ 막스 피카르트

1084년 세워졌고 1,300미터 알프스의 깊은 산세에 가톨릭에서 가장 엄격하기로 알려진 카르투시오 수도원(Charterhouse)이 있다. 그곳 수도사들의 일상을 담은 걸작 다큐멘터리 〈위대한 침묵(Into Great Silence/Die Große Stille)〉(2005년)은 대사, 조명, 음악이 없다. 자연광에만 의존한 어두운 화면에 아무 소리도 안 나는 영화지만 의외의 흥행을 기록했다. 평일 낮에도 사람이 많았다. 하지만 162분을 견디는 관객은 거의 없었다. 70석의 작은 공간은 코 고는 소리, 잠꼬대, 도중에 나가는 이들의 커튼 여닫는 소리가 '위대한 침묵'을 대신했다.

한번 입회하면 나올 수 없고 대화는 금지되어 있다. 평생의 침묵. 기도와 묵상, 자급자족 노동, 펜에 잉크를 찍어서 필사하는 수도사들. 지상에 천국이 있다면 그곳일 것 같았다. 나는 끝까지 영화를 즐긴 몇 안 되는 관객이라는 자부심에 넘쳤지만,

실제 그런 생활을 하라면 못할 것이다. 현대는 개인(個/人)의 시대지만 많은 이들이 혼자 있기를 두려워한다. 텔레비전을 켜놓고 밥 먹고, 식사 중에도 통화를 하고, 분 단위로 에스엔에스(SNS)를 사용한다. 나 역시 종일 말한다. 생계형 글쓰기 노동자여서 글로 떠들 뿐이다.

침묵으로 불리는 다양한 상황이 있다. 단지 아는 것이 없어서 과묵, 슬픔과 고통으로 할 말을 잃음, 모르는 외국어가 요구되는 상태, 대응할 논리가 없음, 상대를 괴롭히려는 의도, 육체의 마비, 말할 기운이 없음, 기회주의, 사회적 약자의 언어 없음, 말하기 싫음, 저항……. 모두 소극적 의미의 침묵이다.

막스 피카르트(1888~1965년)는 말로서의 침묵을 주장한다. 침묵은 말하지 않는 상태가 아니다. 침묵은 독자적인 실체이고, 능동적인 완전한 세계다. 침묵과 말은 서로에게 속해 있다. 그러므로 침묵하지 못하는 것은 말을 못 하는 것이다. 《침묵의 세계》는 침묵의 가치를 가장 널리 알린 책일 것이다. 읽으면서 침묵하고 있는 기분, 동시에 침묵으로 말하고 있다는 느낌을 즐길 수 있다.

내가 흥미롭게 읽은 부분은 '자아와 침묵' 편에서 침묵이 자기 발전, 변신과 맺는 관계이다. "침묵은 인간의 변화가 일어나는 곳이다. 인간이 과거로부터 해방될 수 있는 것은 오직 그가 지나간 것과 새로운 것 사이에 침묵을 놓을 수 있을 때뿐이기 때문이다. 침묵이 결여된 오늘날의 인간은 더는 변신할 수가 없다. 다만 발전할 수 있을 뿐이다. 그 때문에 오늘날 발전이 그렇게 중요시되는 것이다. 발전은 침묵이 아니라 우왕좌왕하는 논란 속에서 생겨난다."(64쪽)

한국 사회에서 발전은 대개 좋은 의미다. 경제 발전이든 자기계발이든 한 방향으로 향상, 곧 경쟁력 강화다. 발전은 '타인보다 앞선다'에 초점이 있다. 발전은 타인과의 관계인 반면 변신은 과거의 자신과 다른 사람이 되는 과정이다. 변신은 자기 내부에서 다른 세계로 이동하는 수평의 상승이자 성장이다.

발전주의는 "억울하면 출세하라."는 이데올로기를 고상하게 표현한 말이다. 피카르트가 책을 쓴 1948년에도 발전은 문제였지만, 믿을 것은 개인의 능력밖에 없는 신자유주의 시대에 발전은 절대 가치다. 문제는 모두가 성공할 수 없다는 현실. 체제는 대안을 만들어주었다. 무제한 발언이 가능한 가상 현실이 현실로 등극했다. 이전 시대 유명은 명예를 의미했지만 지금은 악명이든 범죄든 상관없다. 누가 더 이전투구에 강한가를 시합한다. 부고란에 본인 사망만 빼고 모든 곳에 이름이 나야 한다.

이 책은 말하기를 비판하지 않는다. 침묵이라는 형식의 말의 소중함을 강조한다. 중요한 것은 침묵이 고뇌와 연동한다는 사실이다. 고뇌하는 사람은 엄밀할 수밖에 없다. "지나간 것과 새로운 것 사이에 침묵을 놓는다." 그러나 침묵의 다리가 균형을 이룬다는 보장은 없다. 지나간 생이 무거워서 다리가 기울어진다면, 무너진다면? 두려운 시도다.

변신보다 발전이 쉽다. 남들도 알아준다. 하지만 침묵은 자기와 나누는 대화다. 자신과 만남은 존재를 뒤흔들 수도 있다. 이 책은 남을 속이는 것과 자신을 속이는 것의 차이를 알게 해준다. 더불어 내가 왜 계속 떠드는지도 깨달았다.

끝을 보고야 만 자의 씁쓸함

근대초극론 _ 히로마쓰 와타루

일본 교토의 리츠 칼튼 호텔 지점 건물은 소박하다.(안 들어가봐서 내부는 모른다.) 몇 걸음 건너 맞은편에 작은 가게가 있다. 이 도시는 간판이 크지 않아서 무슨 사무실인지 한번에 파악되지 않는 곳이 많다. 쇼윈도에 '예술 접시' 수십 개가 사각형으로 전시되어 있어서 처음엔 당연히 미술관인 줄 알았다. 그다음엔 화원, 한의원인 줄 알았다가 동물 병원으로 '판명'되었다.

내게 그 가게는 '일본'을 상징한다. "일본인은 본심을 알 수 없다."는 혼네(ほんね, 속마음)의 문제가 아니다. 일본은 가깝고도 먼 나라가 아니라 '잘 모르는 나라'다. 일본에 대한 무지는 식민성과 관련이 있다. '해방' 후 점령자가 교체되면서 남한은 미국의 51번째 주를 자처하고 미국인들과 동일시하면서 일본으로부터의 탈식민 투쟁(성찰과 공부) 대신 손쉬운 비하를 택했다.

《근대초극(超克)론》은 1920~1945년에 걸친 근대성 극복을 주제로 한 일본 지식계의 논쟁을 마르크스주의 석학 히로마쓰 와타루가 해설한 유명한 책이다. 비서구 일본의 입장에서 서구에서 시작된 근대성(민주주의, 자본주의, 자유주의)을 극복하자는 논의는 복잡할 수밖에 없다.

근대 자본주의는 서구에서 시작되었지만(모더니즘) 아시아의 일본에서 더 발달했다(포스트/모더니즘). 공간과 시간의 불일치. 나는 포스트모더니즘을 공부하는 지름길은 일본 연구라고 생각한다. 널리 알려져 있듯이 탈아입구(脫亞入歐, 아시아를 벗어나 서구로 진입한다)는 개화기 일본의 강박이었다. 일본은 추월에 성공했다. '근대의 초극' 논쟁은 제국이 되고자 했던 일본이 자신을 알기 위해 얼마나 몸부림쳤는지 보여준다. 그 과정에서 전집 수십 권을 낼 만한 걸출한 지식인들이 탄생했으며 일본 특유의 인문학적 토대가 마련되었다.

일본은 따라잡으려는 대상을 치열하게 논파했다. 유럽의 역사가 인류의 역사가 된 것은 근대에 이르러서다. 서구가 비서구를 규정하기 시작했다. 그러므로 서구를 열심히 연구하다 보면 질문은 결국 자신에게로 돌아온다. 나를 알려면 나를 만든 이들을 거쳐야 한다. 비서구, 여성, 장애인……. 모든 타자들에게 인생이란 이렇게 멀고 복잡한 우회로이다. 이는 피식민자의 자기 찾기는 전통으로 돌아가는 것이 아니라 새로운 사회로의 이행, 자신을 다시 구성하는 과정임을 깨닫게 해준다.

근대 유럽의 철학과 역사, 미술, 음악에 두루 정통했던 평론가 고바야시 히데오는 말했다. "근대의 초극을 우리 입장에서 생각해보면, 근대가 나쁘니까 다른 무엇인가를 가지고 오자는 이야기가 아니므로 근대인이 근대를 이길 수 있는 방법은 근대에 의지하는 수밖에 없습니다. 저는 (일본) 고전으로 통하는 길이, 근대성의 벼랑 끝이라고 믿는 곳까지 걸어가서야 열렸다고 생각합니다."

이에 대한 히로마쓰의 해석은 "그의 말에는 서구 문명의 밑바닥을 보고야 말았다는 자부라기보다는 오히려 적막감을 동반한 안도감 같은 것이 존재하며, '보고야 만 자의 씁쓸한 감정'이 묻어난다. 그것은 결코 단순한 국수주의적 자만심이 아니다. 깨인 상대주의, 단순한 회의주의가 아니라 어디엔가 깊게 빠졌다가 나온 사람 특유의 고뇌와 적막감이 함께하는 깨달음이다."(184쪽)

지배(이데올로기)에 의해 규정받는 자기 개념과 싸워야 하는 타자로서, 울컥하지 않을 수 없는 구절이다. 무엇인가에 깊이 빠졌다가 나온 사람 특유의 '고뇌와 적막감'. 나도 처음 여성주의를 공부할 때 그랬다. '남자들의 책'(더구나 동서양!)을 다 읽어야 한다는 조급함과 강박이 지나간 후 찾아오는 허탈감.

극복, 사랑, 혐오……. 목적이 무엇이든 상대를 알기 위해 "벼랑 끝까지 걸어간" 적이 있는가. 나는 한국 사회에서 학문이 발전하지 못하는 이유 중 하나가 '주류 의식' 때문이라고 생각한다. 약자만이 지닐 수 있는, 자신에 대한 의문 속으로 뛰어들 수 있는 인식론적 특권. 끝을 보고야 마는 것은 최고의 저항이다. 자신을 해명하기 위해 끝을 보려는 이들은 비교나 절충하는 방식으로 살지 않는다. 끝을 보고야 만 사람의 씁쓸함. 진실은 달콤하지 않다.

지긋지긋

끝나지 않는 노래 _ 이희중

글쓰기 원칙 중에 '현재 진행형을 쓴다'가 있다. '지금 상태'를 쓰라는 것이다. 내 책상 위에 계통 없는 책들이 엎어져 있다. 써야 할 글과 하고 싶은 말이 갈등한다. 당연히 후자 승. 어차피 앞의 것은 안 써지기 때문이다. 이 시는 요즘 나의 타령이다. 나는 꽃도 모르고 시도 모른다. 이희중 시집《참 오래 쓴 가위》에 수록된 〈끝나지 않는 노래〉(116, 117쪽) 전문이다.

아직 끝나지 않았습니까

꼭 끝난 줄 알았네

이 노래 언제 끝납니까

안 끝납니까

끝이 없는 노래입니까

그런 줄 알았다면 신청하지 않았을 거야

제가 신청한 게 아니라구요
그랬던가요 그 사람이 누굽니까
이해할 수 없군
근데 왜 저만 듣고 앉아 있습니까
전 이제 지긋지긋합니다
다른 노래를 듣고 싶다구요
꼭 듣고 싶은 다른 노래도 있습니다
기다리면 들을 수나 있습니까
여기서 꼭 듣고 싶은데, 들어야 하는데
딴 데는 가지 못합니다
세월이 남지 않았기 때문입니다
제발, 이 노래 좀 그치게 해, 이씨

수학의 언어는 공식. 수학이 아름다운 이유는 공식 때문이다. 공식은 무한한 언어이자 최소한의 기호로, 삼라만상을 파악할 수 있다. (좋은) 시가 미학의 절정인 이유도 이와 같다. 시 한 줄이 사전이다. 은유, 메타포. 말뜻이 정해지지 않았으므로 독자에 따라 해석이 다르다. 어떻게 읽어도 말이 된다. 시야말로 읽는 자의 것이다. 리듬감이 좋은 이 시는 내가 아는 작품 중 상당히 큰 사전류에 속한다. 세상에 끝나지 않는 노래가 한둘이겠는가. 누구에게나 끝나지 않는 노래가 무수할 것이다. 가사의 사연은 또 얼마나 기가 막히겠는가.

"전 이제 지긋지긋합니다." 그런데도 이 시는 묘하게 밝고 희망적이다. 심지어 옛날 음악 다방에서 반복이 아니라 연주 시간이 긴 음악을 듣는 무료한 대학생의 투정 같다. "다른 노래를 듣고 싶다고요." 시인은 다른 노래가 가능하다고 생각하는 것일까.

나는 '다른 노래'는 없다고 생각한다. 그 노래도 언젠가는 지긋지긋해진다는 뜻이 아니다. 그저 하나밖에 없는 어떤 개별 단위가 끝나는 것이다. 삶은 반복되고, 진퇴하며, 연속하는 흐르는 시간이 아니다. 역사가 시간의 서사라는 (역사주의) 이데올로기 때문에, 가는 세월은 잡을 수 없지만 '우리에겐 내일이 있다'고 생각한다. 그렇지 않다. 인생은 바로 이곳에서, 단 한번 일어나는 일이다.

'지긋지긋'은 세상의 끝이다. 데드 엔드(dead end), 막다른 곳, 막장(幕章)……. 미국 수사 드라마 CSI 시리즈 중에 이런 에피소드가 있다. 잦은 가정 폭력 신고에 신참과 베테랑 두 여형사가 출동한다. 신참이 남자를 현장에서 체포하자고 주장하자 선배 형사는 말한다. "그럴 필요 없어. 남자는 금방 풀려날 거고, 우리는 두 달쯤 후에 이 집에 다시 오게 될 거야. 그때는 여자가 죽어 있겠지." 이것이 지긋지긋함이다.

그러므로 우리는 행복까지는 아니더라도, 최소한 지긋지긋하게 살면 안 된다. 지긋지긋은 끝나지 않음이 아니라 끝이기 때문이다. 우리 엄마 말대로 죽어야 끝난다. 죽음은 끝이어서 좋다. 그래서인지 '죽다'는 우리말은 아름답다.

내가 아는 수준에서 '죽다'의 영어 표현은 die, pass away, perish(멸망하다), expire(통조림 유통 기한에 사용하는 단어)지만, 우리말은 고상하다. 지긋지긋한 노래가 끝나는 데 감사한다. 영원히 잠들다(永眠), 세상과 이별하다(別世), 운명을 달리하다. 인류 공통의 표현은 "한 줌 흙으로 돌아가다, 먼지가 되어 우주 속으로 사라지다."가 아닐까. 한 음절로는, 졸(卒). 마치다.

이 개운함! 개운함에도 의미를 부여할 필요는 없다. 은하계의 입장에서 인간은 아무도 모르는 먼지다.

외로움

그 섬에 내가 있었네 _ 김영갑

금요일 저녁. 비까지 내리니 라디오는 감상(感傷)으로 넘친다. 외로운 사람들이 많은가 보다. 내가 외로움에 대해 무슨 견해가 있을까마는, 분명한 것은 나 같은 타입은 외로움을 견뎌야지, 벗어나려고 버둥거리다가는 우리 엄마 말대로 '인생 망조의 지름길'이다. 외로움에 대해 생각할 때마다 떠오르는 책이 있는데 그들은 너무 쌈박하다. 분석하고 이해하면 뭐하나. 그들이 가버린 후(읽고 난 후)에도 외롭긴 마찬가지인데.

김영갑(1957~2005년)을 다시 펼친다. 48년의 생애. 내내 혼자였던 그는 이제 제주의 일부가 되었다. 나는 4·3으로 제주를 사랑하게 되었고 김영갑을 통해 제주의 '모든' 것을 알게 되었다. 한때 우리 집은 그의 작품으로 도배를 해서 친구들이 '짝퉁 두모악'이라고 놀렸다. 한라산의 옛 이름인 '두모악'은 서귀포시 성산읍에 있는 그의 사진 갤러리다. 《그 섬에 내가 있었네》

(2004년). 내가 생각하는 이 책의 주제는 혼자임, 적막, 배고픔이다.

몇 년 전 생계를 뒤로하고 1년간 제주 곳곳을 돌아다녔다. 엄마가 김영갑과 같은 병(루게릭)으로 돌아가신 후, 고아처럼 달랑 남은 남동생과 함께 제주에서 살려고 빈집을 찾아다녔다. 역시 생활과 여행은 달랐다. 제주는 아름다운 만큼 오만했다. 돌을 날려버리는 바람, 습기, 잦은 비, 변화무쌍한 날씨(물론 이마저도 아름다웠지만). 번잡하고 사람이 미어지는 곳에서 40년 이상 살아온 서울 토박이에게 제주는 만만치 않았다.

가장 적응되지 않는 시간은 해 진 후의 어둠과 적막함이었다. 대도시가 아닌 곳은 대개 그렇겠지만, 겨울에는 5시만 넘어도 어둑하고 행인이 없었다. 나는 해변가에 숙박을 했기 때문에 말없는 검은 바다가 무서웠다. 성수기의 유명한 관광지조차 밤에는 썰렁했다.

나는 깨달았다. 외로움은 그냥 외로움이라는 것을. 외로움을 피하기 위해 데이비드 리스먼을 붙잡고 현대인의 고독과 소외를 공부하는 것은 별로 도움이 되지 않았다. 외로움은 김영갑처럼 자연을 혼자 겪는 것이었다. 겨울 밤바다. 이것이 외로움이었다. 깜깜하고 바람 불고 사람 없고 가게 없고 그냥 아무것도 없는 곳. 춥고 배고픔. 이것도 외로움이었다. 24시간 편의점이 없는 것도 외로움이었다. 더구나 산간 지역이라면.

타인과 소통, 의미 있는 일에 몰두, 자신을 잊는 헌신, 타인의 시선으로부터 자유로움, 사랑, 솔로의 꿋꿋함, 실존의 조건……. 이런 인식이 외로움에 대한 나의 개똥철학이었다. 이런 삶도 외로움을 덜어주긴 한다. 그러나 쉬운가? 김영갑을 처음 읽었을 때, 나는 확실히 몰두할 대상이 있어서 나나 타인에 대해 생각할 겨를이 없었다. 외로움은커녕 약간 흥분 상태였다. 당시에는 처음 보는 사진이 너무 황홀해서인지 글이 읽히지 않았다. 사진가의 글은 별로라는 생각까지 했던 기억이 난다.

지금 읽으니 설움이 쏟아진다. "카메라를 잡을 수 없는 사진가의 삶은 날개 잃은 새의 운명처럼 시련의 연속이다."(234쪽) 이런 평범한 표현조차 무슨 뜻인지 낱낱이 알 것 같다. 매일 자판을 치는 나는 예전과 달리 두 시간 연속해서 일하지 못한다. 손목이 시큰거려도 겁이 나고 작은 건망증에도 좌절한다.

김영갑은 젊었을 적 죽고 싶어 했지만, 난치병 선고를 받자 생명과 평화에 대해서 썼다. 그것은 기다림이다.(207쪽) 그는 병이 악화되자 "누군가에게 길을 묻는 일도 없으리라."고 다짐한다. 빠른 길은 없다. 외로움은 견디는 것이다. 외로움은 시간을 참는 것이다. 죽었다 깨어나는 일이다. 기다리지 못하는 것은, 그가 말한 "나는 수없이 보아 왔다. 다리 한쪽이 잘린 노루가 뛰어다니고, 날개에 총상을 입고도 살아남은 꿩"의 존재를 믿지 못하기 때문이다.

외로움은 마음이 조금 간절한 상태다. 취약함은 외로움의 일부일 뿐이다. 그는 외로움'은' 강하다는 것을 보여주었다. 그의 고독은 고스란히 화면으로 남았다. 작가의 일상이 이토록 작품 자체인 경우가 있을까. 사진이 그다. 찬탄하지 않을 수 없다. 그 놀라움은 그가 외로움을 극복해서가 아니라 그 외로움에 공감하기 때문일 것이다. 특히 바람의 외로움은 피하고 싶을 정도다.

나는 난초에 너무 집념하였다

무소유 _ 법정

누구나 '내 인생의 책'을 꼽으라면 매번 바뀌겠지만 밑그림은 있을 것이다. 나의 경우 중1 때 읽었던 《상록수》와 고등학생 시절의 《무소유》다. 전자는 내게 타인과 사회에 대한 관심을 지니게 했고, 후자는 생활 방식에 영향을 끼쳤다. 물론 실제 내 모습은 사회 의식도 없고 무소유의 삶과도 거리가 멀지만, 무엇을 하든 그 세계로부터 완전히 벗어나지는 않겠다는 의지가 있다.

무슨 소개가 필요할까. 1976년에 처음 출판된 《무소유》에는 표제작을 '넘어서는' 빼어난 에세이가 많다. 지금 내 책이 2002년 3판 52쇄이니 그 뒤로도 얼마나 많은 이들이 읽었겠는가. 다만 이번에 새삼 놀란 것은 수록된 글이 1969년에서 1973년 사이에 쓰였다는 사실이다. 우리 사회의 문제는 여전하다.

다음은 내가 줄인 원문이다. "복원된 불국사에서 그윽한 풍경 소리 대신 새마을 행진곡이 울려 퍼지는 서운함", "골프는 인간의 죄를 벌하기 위해 창조한 전염병이다. 나의 취미는 (골프장에 대한) 끝없는 인내다.", "가을에 모든 이웃을 사랑하고 싶다. 단 한 사람이라도 서운하게 해서는 안 될 일이다.", "나는 당신을 이해합니다는 어디까지나 언론의 자유에 속한다. 그저 이해하고 싶을 뿐이지. 나는 당신을 사랑합니다. 무슨 말씀, 그건 말짱 오해라니까.", "도심에 아파트를 짓는 일은 인구 분산 정책에 역행하는 일이다.", "용서란 자비심이 아니라 흐트러지려는 나를 거두는 일이 아닐까.", "읽는다는 것은 무엇일까, 다른 목소리를 통해 나 자신의 근원적인 음성을 듣는 일이 아닐까.", "카뮈의 뫼르소가 지금 함부로 총질을 한다면 햇빛이 아니라 소음 때문일 것이다."

10대에 《무소유》를 읽고 삶의 방향을 정한 이유는 두 가지다. 어렸을 때부터 집안일을 해온 나는 해도 해도 끝이 없는 청소와 집안 정리에 어린 마음에도 문제의식을 느꼈고 분노했다. 주기적으로 방문해서 교체해주는 장롱용 기름걸레. 그 천으로 매일 장롱과 화장대를 닦은 기억은 지금도 끔찍하다. 사람(특히 여성)이 태어나서 평생 물건 정리와 남의 끼니 걱정을 하면서 살아야 하다니! (이 노동은 필수적인 만큼 분담해야 한다.)

고교 시절 나는 일상의 노동과 타인으로부터 벗어나 초월적인 삶을 살기로 했다. 현실을 곧 속세로 비하하면서 뭔가 고상한 세계를 꿈꾸었다. 그러다가 이 책을 읽고 눈이 번쩍 뜨였다. 서두의 간디처럼 행낭에 숟가락, 수건만 넣고 다니며 책만 읽으면서 이리저리 떠도는 삶.

법정의 말대로 우리는 알고 있다. 인간관계는 말할 것도 없고 무엇인가를 갖는 것은 그것에 얽매인다는 사실을. 그는 난초를 선물받는다. 애지중지 정성을 다해 기른다. 설레고 사랑하게 된다. 산방에 당신 외에 유일한 생명. 그러다가 난초 관리 때문에 외출이 자유롭지 않고 일상이 난초를 중심으로 돌아가게 된다. "나는 이때 온몸으로, 그리고 마음속으로 절절히 느끼게 되었다. 집착이 괴로움인 것을. 그렇다, 나는 난초에게 너무 집념한 것이다."(25쪽) 급기야 그는 "소유는 범죄"라는 간디의 말에 공감하게 된다.

우리는 소비와 더불어 저장 강박 시대에 살고 있다. 물건을 사기 위해 돈을 벌고 그것을 관리하기 위해 시간과 공간을 낭비한다. 어릴 적 다짐은 사라졌다. 혼자 살게 된 지금 나는 《무소유》를 소유하는 관리인이 되었다. 오래된 집이라 실평수가 넓은 편인데도 방 세 개와 마루를 책과 자료가 점령했다. 공간이 없어 라쿠라쿠에서 잔 적도 있다.

책의 좋은 점은 머리에 저장할 수 있다는 것인데, 나는 책읽기가 아니라 책이라는 물건을 좋아하고 있다. 생계 노동 외 대부분의 시간을 책 청소와 정리로 보낸다. 책장 청소를 위해 특별 구입한 청소기로 1차, 마른걸레로 2차, 물수건으로 3차. 주제별, 저자별, 저널별, 논문별로 분류한다. 매일 정리해도 끝이 없다. 엽서, 포스터, 문구류에 대한 집착도 있어서 그 관리도 만만치 않다. 유목은 고사하고 이사를 꿈꾸지만 엄두가 나지 않는다. 사후 기증도 마음이 놓이질 않으니, 병이다.

《무소유》를 읽으면 뭐하나. 법정의 말대로, 제 정신도 갖지 못한 처지에 남을 가지려 하니 노예가 따로 없다.

너로 인한 내 기준의 고통

내가 나를 치유한다 _ 카렌 호나이

학창 시절 나는 엄마의 기대만큼 공부를 잘하지 못했다. 실은 지금도 엄마의 기대가 어느 정도인지 모른다. 1등 성적표를 갖다드려도 엄마는 못마땅한 얼굴로 물으셨다. "2등하고 몇 점 차이니." 엄마는 만족하신 적이 없다. 나는 노력했지만 잘되지 않았다. 영화 〈사도〉를 보면서 울다가 나중에는 내가 사도 세자처럼 죽거나 미치지 않았다(?)는 사실에 안도했다. 물론 나는 세자가 아니므로 그럴 일은 없고 그저 흔한 낙오자 증후증으로 괴로운 인생일 뿐이다.

〈사도〉는 '비(非), 반(反), 사(似) 힐링'이 판치는 이 시대에 훌륭한 치유 텍스트요, 탁월한 심리 드라마다. 이 영화를 탈맥락화한다면 영조는 한국의 학부모, '꼰대' 어른, 일부(?) 아저씨, 자기 파악이 안 된 지도자처럼 한국의 남성 문화를 대표하는 전형적인 신경증 환자다. 세대 분석이 대세지만 이런 사람은 어디에나 있다. 신경증과 정신질환(mental disease)은 다르다. 정신병 환자는 신체 질환자와 마찬가지로 아픈 사람일 뿐이다.

흔히 노이로제(neurosis)라고 부르는 신경증은 자기 인식을 둘러싼 현실과 이상의 불일치, 그리고 이상적 자아상에 대한 집착을 말한다. 이 문제는 누구에게나 있다. 문제는 인간의 이러한 속성 자체가 아니라 어떻게 대처하는가이다. 신경증은 개인의 문제가 아니라 현실에 직면하고 대응하고 관계 맺는, 개인이 사는 방식에 따라 달라진다. 그러므로 내가 나를 치유할 수 있는 것이다.

정신분석학의 고전인 이 책이 번역되어 옮긴이의 식견, 편집 등 만듦새가 좋게 출간되어 기쁘다. 이 책의 한글 부제 "신경증 극복과 인간다운 성장"은 주제를, 제목 "내가 나를 치유한다"는 치유의 본질을 말해준다. 치유는 남이 해주는 위로나 호통이나 반성이 아니다. 자신에 대한 태도와 인식을 바꾸는 것이다. 새로운 인식! 1950년작 원제처럼 《신경증과 성장-자기실현을 향한 투쟁(Neurosis and Human Growth: The Struggle Toward Self-Realization)》이다. 자기 문제로 고민해본 사람이라면 'Struggle'이라는 표현의 절실함을 알 것이다.

저자 카렌 호나이(1885~1952년)는 독일 태생 미국 여성으로서(그래서 한때 "호니"로 불렸다) 프로이트 이후 가장 뛰어난 정신분석학자 중 한 사람이다. 프로이트보다 사회문화적 영향을 강조했으며, 멜라니 클라인과 함께 여성주의 정신분석과 신프로이트 학파의 선두주자였다.

《내가 나를 치유한다》의 핵심 주제는 외면화(外面化, externalization)이다. 삶이란 나의 내부가 외부로 향하는(투사) 과정이다. 나를 드러내는 것. 외면화는 말 그대로 개인이 타인과 사회와 새로운 세계(面)를 만들어 가는 것이다.

이 책은 다양한 외면화 과정을 보여준다. 가장 문제가 되는 외면화는 자기 기준을 타인에게 강요하는 것이다. 자기 문제를 남의 문제라고 굳게 믿는 '네 탓으로 인한 나의 고통'이라는 고착 심리다. 이들은 완벽주의자로서 자기를 스스로 정한 기준과 동일시한다. 자기를 자기 생각과 동일시하다니. 조물주도 못 하는 일이다. 타인에게 자기 기준(이라지만 일관성은 없다)에 맞춰 살라고 요구하고 상대가 부응하지 못하면 분노하고 경멸한다.

영조 같은 사람을 만족시킬 방법은 없다. 〈사도〉는 인간에 대한 경멸의 끝을 보여준다. 이 관계에서 윤리, 정(情), 질서, 규범은 없다. 왕이 아니더라도 가능하다. 인생은 자신을 어떻게 경험하는가에 따라 달라지는 세계이기 때문에 무슨 일이든지 일어날 수 있는 곳이다.

해결은 자기 분석, 직면, 책임 세 가지다. 우리에게는 이 과정을 도와주는 수많은 친구들이 있다. 우선, 내게 가능한 만족의 종류, 회피해야 할 요인, 가치의 위계, 인간관계 변화를 모색해 보자. 즉 근본적으로 사는 방식(modus vivendi)이 열쇠다.(258쪽)

영화의 명대사. "너는 존재 자체가 역모다.", "공부가 국시(國是)다." 이 말 안 들어본 한국 사람 있을까. 그러나 사도 세자의 말은 깊은 위로를 준다. "목적 없이 날아가는 저 화살은 얼마나 떳떳하냐."(자유롭냐가 아니다.)

진저리를 쳤다

베니스에서 죽다 _ 정찬

글쓰기 강의를 할 때 가장 많이 듣는 이야기 두 가지. "140자 이상을 쓰고 싶다."와 "고전을 다이제스트(요약본)로 읽는 걸 어떻게 생각하세요?"다. "줄거리를 아는 것도 의미가 없지는 않겠지요. 하지만 그게 또 무슨 의미가 있나요?" 독서, 특히 어린 시절의 책읽기는 활자를 견디는 훈육 과정 자체가 중요하다. 매체의 발달로 누구나 글을 쓰는 시대가 되었다. '잡문'과 '논설', '예술'의 위계는 누그러졌고 '댓글'이 여론이 된 지금, '말과 글'은 더욱 논쟁적인 영역이 되어야 한다.

소설가 정찬의 작품집 《베니스에서 죽다》에는 11편의 눈부신(빛나지만 반사되는) 단편이 수록되어 있다. 예전에 쓴 메모가 빼곡하다. 그중 〈섬진강〉에서 한 구절을 골랐다. 〈섬진강〉은 작가 자신의 이야기다. 내가 아는 한, 그는 광주 항쟁을 화두로 삼아 가장 많은 작품을 쓴 작가다. 작품의 주인공은 1년 6개월간 광주에 대한 장편을 탈고한 후 섬진강, 피아골 일대를 여행한다. 〈섬진강〉을 충분히 즐기려면 그의 작품집 《기억의 강》, 《완전한 영혼》, 《아늑한 길》과 동행하는 것이 좋다.

나는 소설 읽기를 좋아하는 평범한 독자지만 그의 작품 26권을 갖고 있다. 공저도 거의 없다. 내게 정찬은 숲속을 걷다가 구덩이에 빠졌을 때 목이 아프게 올려다보는 세상 같다. 그의 활자들은 칼춤을 춘다. 어렵지는 않다. 다만 작가의 치열함을 견뎌야 한다. "어떤 선배 작가는 그의 소설을 읽으면서 자주 진저리를 쳤다고 했다. 독자를 위한 배려가 전혀 없는 것에 대한 질책이었다. 그의 정신 속에는 독자를 위한 공간이 들어갈 틈이 없었다. 그 자신이 유일한 독자였다."(309쪽)

'어떤 선배 작가'의 지적에 공감하지만 동의하지는 않는다. '진저리'라는 우리말은 냉기나 공포가 몸에 닿을 때 몸짓, 강한 거부, 몹시 싫증나거나 귀찮은 상태를 잘 표현하는 음이 좋은 단어다. 겨울 거리에 나선 세월호 유가족을 향한 물대포. 생각만으로도 몸서리쳐진다. 그런 진저리다.

한편 '진저리'에는 감동으로 인한 쾌감, 충격, 전율이라는 뜻도 있다. 현대 사회의 가장 흔한 착각 중의 하나가 대중성이라는 관념이다. 덩달아 대중적이라는 말도 남발된다. 대중(大衆)은 형태 없는 덩어리이지 구체적인 사람이 아니다. 읽는 고통(진저리)을 주는 글은 대중적이지 않다는, 재미없다는 생각은 오해이고 모순이다. 독자를 배려하는? 이런 표현 역시 있을 수 없다. 어떤 독자를 배려한다는 것인가. 모든 독자를 배려하는 글쓰기는 불가능하거나 사기다.

잇몸에서 분리된 치아가 입안에서 돌아다니는 사람을 본 적이 있다. 10개가 넘는 임플란트를 한 그가 고통에 진저리쳤음은 물론이다. 진저리는 몸이 해체되기 시작할 때 뼈와 근육 간의 연결이 이탈(disarticulation)되기 전 단계의 몸이다. 진저리의 최후는 몸과 영혼의 분리, 죽음이다. 진저리치는 글을 쓰는 작가는 여러 번 죽었다 깨어난다. "작가 자신이 유일한 독자"인 시간은 자기 몸과 싸움 중인 유사 죽음의 상태다. 그렇게 만들어진 독창(獨唱)이 어찌 편안히 들리겠는가.

독자 역시 최소한의 비슷한 경험, 진저리의 연대가 필요하다. 그래서 특정 작가의 작품을 좋아하는 것은 개인의 취향이 아니라 정치적 선택이다. 인간의 변화는 진저리를 동반한다. 독서에는 반드시 몸의 반응이 따른다. 가벼운 바람도 있고 통곡할 때도 있다. 어쨌거나 읽기 전으로 돌아갈 수 없다. 여성들이 여성학 책을 읽을 때가 대표적인 경우다.

나는 정찬을 읽을 때 진저리(두통, 멀미, 탈진……)를 넘어 원망(怨望)과 질투가 뒤섞인 폭력적인 인간이 된다. 자신에 대해 생각하지 않을 수 없다. 진저리의 폭(幅)만큼 세계는 넓고 깊어진다. 초라하다. 이 깨달음을 표현할 나의 말은 더욱 초라하다. 희미한 흔적, 방향 상실, 잡히지 않는 마음. 이 초라함을 어찌할까. 더구나 나이들어서.

나는 뒤처졌다

우울의 늪을 건너는 법 _ 홀거 라이너스

'연말연시의 들뜬 분위기'라는 말이 있지만 실제 그럴까. "하는 일 없이 나이만 먹는구나." 심란해하는 이들이 더 많다. 인류가 만들어낸 가장 악랄한 이데올로기. 나이에 맞는 정상적인 삶과 성취가 있다는 생애주기 개념에서 자유로운 사람이 얼마나 되겠는가. 질병 때문에 인생의 공백이 생긴 경우 누굴 탓하랴. 일본의 유명한 배우 와타나베 켄은 승승장구하던 시절 백혈병 진단을 받고 첫 단독 주연작을 포기했다. 두 번의 죽을 고비를 넘기고 기적적으로 재기했다. 배우로서, 인간으로서 그의 진정성과 열정은 젊은 날 투병의 영향일 것이다.

다른 질병과 달리 우울증을 앓는 이들은 타인이 보기엔 그저 이해할 수 없는 상태일 뿐, 환자처럼 보이지 않는다. 간혹 극심한 우울증 환자 중에 뛰어난 성취를 보이는 경우가 있는데(울프, 헤밍웨이……), 정작 본인은 인생의 무의미에 지쳐 자살한다.

자살은 '예술가의 고뇌'가 아니라 신체의 고통을 이기지 못한 이들의 자구책이다. (예술가보다 사회적 약자의 자살이 훨씬 많음은 물론이다.) 그들의 작품은 투병 과정이었을 뿐이다. 우울증은 의사, 환자, 사회 모두가 인식하기 어려운 병이다. 외상이 없어 보이기 때문이다.

《우울의 늪을 건너는 법》은 우울증 환자에게 고립감을 벗어나게 해주는 좋은 벗이지만, 독일 중산층 전문직 종사자의 극복기라는 점에서 보편적인 경험은 아니다(예를 들어 멋진 자동차 이야기나 독일의 의료 체계). 인간의 언어는 고통에서 나온다는 진리를 증명이라도 하듯 20년을 견딘 사람답게 명언이 즐비하지만, 저자처럼 '완치'(우울증은 평생 관리해야 하는 병이다)되는 사례는 드물다. 사실은 '건널 수 없는 병'이다. "매 순간 살고 싶은 마음이 생겨나도록 평생 엄청난 노력을 해야 한다."(93쪽)

나는 매년 이 책을 읽는다. 곱씹는 구절도 같다. "난 다시 부담을 느꼈고 결국 공부를 포기하고 말았다. 나는 스물여덟 살이 되었는데, 이미 내 친구들은 대학을 졸업하고 직업 전선에 나섰으며 몇몇 친구들은 결혼까지 한 상태였다. …… 나는 거의 10년이나 뒤처졌다."(70쪽)

우울증 환자의 낙오자 정서는 "시간이 쏜살같이 달아나고 있다."(108쪽)는 사고에서 온다. 원래 시간은 객관적이지 않다. 행복한 시간은 짧고, 괴로운 시간은 길다. 우울증을 앓는 시간은 둘 다 아니다. 쉽게 말해, 사는 게 사는 것이 아니므로 인생과 시간은 동반자가 아니다.

위 구절은 평범하다. 아니, 현실 왜곡이다. 지금 한국 사회에서 서른 전후에 취직과 결혼을 모두 달성(?)한 이들이 얼마나 될까. 게다가 결혼은 자발적 거부가 태반이다. 나이에 맞는 경제력과 사회적 지위는 아예 불필요한 지경에 이르렀다.

그렇더라도 이 구절은 슬프다. "나는 뒤처졌다." 3포~9포, 인간관계 포기, 취업 준비만 몇 해, 만년 과장, 캥거루족……. '제때 안 풀린 인생' 많다. 억울한 감옥살이, 지혜 없이 방황한 시간, 순간의 선택이 10년을 망친 경우, 의미 없는 인간관계에 집착했던 시간, 한창 일할 나이에 찾아온 질병…….

'뒤처진 인생'이란 결국 타인에게 뒤처졌다는 얘기인데, 다른 이들도 똑같이 뒤처졌으므로 덜 괴로워해도 되지 않을까. 더구나 당대 자본은 나이에 맞는 지위가 아니라 어린 나이에 지위를 초과 달성한 이들을 원한다. 어차피 웬만한 사람은 다 '루저'다. 뒤처지지 않으려고, 실수하지 않으려고, 길을 잃지 않으려고 마스터플랜을 쥐고 태어난 사람은 없다.

"남들 보기에?" 인생 진리 중 하나는 남들은 나를 보지 않는다는 사실이다! 결국 자신과의 투쟁이다. 10년을 여관방에서 시나리오만 쓴 영화감독, 기약 없는 무명 시절을 견딘 배우, 20년 습작 시간을 거쳐 마흔에 데뷔한 작가……. 삶은 할 일로 채워지는 것이지 안정과 성취는 실상 존재하지 않는 관념이다. 나는 조금 태평해지기로 했다.

타인의 시선

늙어감에 대하여 _ 장 아메리

봄철, 새삼 관심을 두어야만 알게 되는 사실이 있다. 개나리가 피어 있는 시간이다. 이 나무 꽃은 이틀이 못 가 곧 잎으로 변한다. 믿을 수 없이 빨리 진다. 진부한 표현이지만 젊은 시절도 짧다. 영원할 것 같던 시절은 "어느덧……", "뭐 했나……."를 생각하는 시간으로 변하고 "안 아픈 곳이 없다.", "허무"를 남발하게 된다.

나이와 욕망과 사회적 지위가 일치하는 사람은 드물다. "마흔셋에 미국 대통령이 된 케네디는 젊지만, 대학교수의 마흔세 살 조교는 그렇지 않다."(105쪽) 이 구절을 읽고 나는 조용해졌다. 여러 상대에게 무릎을 꿇는다. 인생 자체, 몸, 사회, 폭력……. 케네디를 제외한 대부분의 사람들은 "마흔세 살의 조교"보다 늙었으며, 제 힘에 부치는 일이나 그런 일을 시작해야 하는 처지에 있다. 그런데도 사람들은 조교보다 케네디와 동일시하며 나이듦을 욕보인다. 지혜와 성숙을 내세우는 이도 있지만 거짓말이다. 이것은 개인의 차이지 나이듦과 무관하다. 나이와 저절로 연결되는 인간 본성은 체력밖에 없다.

자살을 《자유죽음》으로 명명한 장 아메리의 그보다 더 깊은 책 《늙어감에 대하여》는 나이듦을 직시한다. 이렇게 객관적일 수가. "곱게 늙자"거나 위안은 없다. "저항과 체념 사이에서"(부제) 방황하는 평범한 사람들을 무의미 앞에 세운다.

장 아메리(1912~1978년), 아프고 치열하고 아름다운 이름(본명이 아니다). 죽음(삶)을 사유하는 좋은 방법 중의 하나는 빅터 프랭클, 프리모 레비, 장 아메리를 순서대로 읽거나 역순으로 읽는 것이다. 물론 나는 장 아메리다. 유능한 번역자(김희상)의 표현으로는 "정갈한 인생"을 살았다. 유대인 혈통이라는 이유로 전 생애를 추방과 투쟁, 수용소 생활, 고문, 글쓰기로만 보냈다. 그는 예순여섯에 고향으로 돌아와 한적한 호텔방에서 수면제로 생을 마감했다. 나는 아무것도 남기지 않는다는 의미에서 '정리(整理)한다'는 말이 좋다. 인생을 정리할 때란 평균 수명 즈음이나 죽을병에 걸렸을 때가 아니다. 각자 알아서 정하고 정리하면 된다.

자본주의와 의료 기술의 발달은 가난한 사람에겐 모순이다. 일하는 시간은 짧아졌고 평균 수명은 길어졌다. 그런데 우리는 나이에 맞는 라이프 스타일이 있다고 생각한다. 있어 보이는 옷, 품위 있는 취미, 식생활……. 결국 돈은 이전 세대, 부모에게서 나올 수밖에 없다. 인류 역사상 이런 세습 사회가 있었던가.

타인의 시선은 사회적 연령(97쪽)이자 곧 나의 시선이다. 자신에게는 "이 나이가 되도록", 타인에게는 "저 나이가 되도록". 상호 혐오 사회다. 아메리는 《자유죽음》과 마찬가지로 삶, 젊음, 나이듦을 존중하지 않는다. 죽어 가며 살아간다는 진실. 단순하다. 인간은 시간의 피조물일 뿐이고 늙음은 절대 운명이다. 그저 흐르는 시간 속에 홀로 있는 자신에 대해 생각하기를 권한다.

발광에 가까운 저항을 하면서도 나는 알고 있다. 체념이 덜 외롭다는 사실을. 삶은 생물학인 것만도 아니고, 사회학인 것만도 아니다. 두 가지는 서로를 반영하면서 저항과 체념을 반복한다. 계급과 성별에 따라 나이에 대한 시선은 매우 차별적이지만 우리는 모두 죽는다. 평등한 죽음이나마 평등하게 누리려면 노력이 필요하다.

나는 요즘 열심히 살고 있다. 이룬 것이 없어서, 여행도 연애도 안 해봐서, 읽을 책이 너무 많아서가 아니다. 친구들과 달리 안경 없는 생활을 자랑하지만 몸이 예전 같지 않으니 마음이 조급해졌다. 예전이란 예전이 아닐 때에만 절실하게 돌아가고 싶은 곳이다. 언제나 그렇듯 "그때는 몰랐다". 이 책은 나이듦을 느끼는 독자들에겐 쉽고 깊다. 나는 젊은이들에게 권하고 싶다. 물론 "이미 알고 있어요."라고 말할 젊은이들은 없을 것이다.

가장 이해하기 어려운 병

프로작 네이션 _ 엘리자베스 워첼

프로작(prozac)은 유명한 우울증 치료제다. 이 책이 출간된 1994년에 약의 대국 미국에서 두 번째로 많이 처방된 약이다. 누구나 경험하는 '우울한 기분'과 '질병으로서 우울증'은 구분하기 어렵지만, 동시에 매우 다르다. 《프로작 네이션》은 생사를 넘나드는 우울증을 겪은 저자의 통증 보고서다.

이 책의 저자는 미국 사회의 약물 남용을 우려하기 때문에 '성급한' 투약 치료에 비판적이다. 그러나 나는 정확한 진단과 약물 치료가 반드시 필요하다고 생각한다. 특히 한국 사회처럼 '정신 질환'에 대한 착각과 무지의 천국이자, 전문 상담 인력이 부족한 곳에서는 더욱 그렇다. 이곳은 프로이트의 '사상'이 대서양을 건너 '클리닉'으로 변신하고, 상담 이론과 산업이 번창한 미국이 아니다.

하지만 의외로 의료 전문가들조차 약물 치료에 반대하는 이들이 많다. 우울증이라는 신체적 질병에 대해 아직까지도 복용 논란이 있는 것을 보면, 고정관념은 무지를 넘어 생명을 위협하는 사회악이라는 생각이 든다. 의지로, 운동으로, 좋은 음식으로, 여행으로 극복하라? 삶의 의지를 관장하는 육체(뇌)가 고장 난 병인데, 어떻게 의지로 극복하란 말인가. 우울증 환자는 아침에 잠자리에서 일어나는 일이 지구를 들어올리는 것만큼 힘든 사람들이다. 통원 치료를 받는 사람은 비교적 상황이 좋은 이들이다.

저자는 하버드와 예일대를 다녔다. 《비치: 음탕한 계집》이라는 '제3세대 페미니즘을 대표'하는 책의 저자이고, 지금은 변호사로 일하고 있다. 이 책은 스물여섯 살에 썼다. 이쯤 되면 우울증은 실비아 플라스 같은 예술가들이 주로 걸리는 병이라고 오해하기 쉽다. 물론 그렇지 않다. 특히 지금 한국은 우울증이 늘면서 전통적인 성별 구분이 없을 정도로 '국민 병'이 되었다. 자살이 우울증으로 인한 질병사라는 개념은 언제쯤 상식이 될까.

이 책에 대한 나의 주된 관심은 자신의 고통을 기록하는 방식, 이유, 효과, 그리고 타인의 고통에 대한 이해이다. 보이지 않는 내면의 고통에 대한 이해. 우울증은 증상이 곧 성격으로 오해받기 쉬운 질병이다. 주변에 우울증 환자가 있다면, 본인이 우울증이라면 읽기를 권한다. 인간의 소외, 고립, 몰이해를 이해할 수 있다.

질병은 인생의 본질이지만 병에 걸린 사람들은 '하필, 내가 왜?'라는 생각에서 벗어나기 어렵다. 특히 우울증처럼 외상이 없는 질병, 자신도 확신할 수 없는 질병은 흔하지만 초기 대처가 어렵다. 이미 죽었는데 계속 살고 있는 존재는 스스로도 사회적으로도 수용되기 어렵다.

24시간 자살을 생각하는 사람의 마음속은 어떨까. 자신도 묘사하기 어려울 것이다. 저자는 이 작업을 성취한 드문 경우이다. 이들의 통증은 고문당하거나 사망 직전 신체가 더는 고통을 감당할 수 없을 때, 살아 있음에 저주를 퍼붓는 이들의 상태와 다르지 않다.

나는 피부가 벗겨지고 가는 숨소리로 타계(他界)를 들락거리는 인큐베이터 안의 백혈병 말기 환자와 식도 마비(루게릭병)로 8개월간 굶다가 아사한 환자의 곁을 지킨 적이 있다. 위와 똑같은 상황인데, 우울증 환자는 "내 병이 보스니아, 르완다 사태보다 심각할까."(478쪽)라고 자책한다. 우울증은 그런 병이다.

《프로작 네이션》 읽기는 독자의 경험에 따라 눈물이 쏟아질 수도 있고, 망연자실할 수도 있다. 우울증 전문 의사는 우울증이 이 세상에서 가장 이해하기 어려운, 이해받기 어려운 질병이라는 데 동의할 것이다. 외모 묘사는 지나치게 발달했지만 고통받는 몸의 언어는 빈곤한 한국 사회. 저자는 우리를 고통의 노두(路頭)에서 심연으로 인도한다. 스스로 자맥질함으로써.

어디로 나가는 겁니까?

김수영 전집 2 _ 김수영

유종호가 김수영을 말한다. "사회의 거부가 언어의 거부로 이어졌던 자유의 시인, 자기 검열을 몰랐던 직선의 산문가. 그는 우리 시대의 가장 서슴없고 가장 치열한 양심의 극(劇)." 시인은 양계장을 했다. 많이 알려진 사실이다. 물론 그도 첫 줄에 썼듯이, 노동은 아내의 몫이었다. 그래도 지켜보지만은 않았는지 1964년에 쓴 산문 〈養鷄 辨明(양계 변명)〉은 어설픈 양계 전문가의 글이다.(42~46쪽)

그러던 어느 날 집에 도둑이 들었다. 술에 취해서인지 추워서인지 얼굴이 "싯뻘건"(이하 모두 당시 표기) 오십쯤 되는 사내였다. 시인은 겁을 먹고 아내는 소리를 지른다. 가장이랍시고 시인은 위세를 보이려 하나 도둑에게 존댓말을 쓰고 있다.

"당신 뭐요?", "여보 당신 어디 사는 사람이오? 이 밤중에 남의 집엔 무엇하러 들어왔오?", "닭 훔치러 들어왔오?", "이거

보세요, 이런 야밤에…….” 도둑은 말이 없다가 “백번 죽여주십쇼, 잘못했습니다!”라고 빈다. 다시 시인의 “쑥스러운”(본인 표현) 질문이 이어진다. “집이 어디요?”, “우이동입니다.”, “우이동 사는 사람이 왜 이리로 왔오?”, “모릅니다……. 여기서 좀 잘 수가 없나요?” 이들의 동문서답, 아니 ‘덤 앤 더머’ 대화에 웃음을 참을 수 없었다.

결국 도둑은 집을 나가기로 한다. 그러다 발길을 돌이켜 태연스럽게 묻는다. “어디로 나가는 겁니까?” 도둑은 철조망을 넘어왔다. 시인의 생각은 이렇다. 사람이 보지 않을 때는 거리낌 없이 들어왔지만, 사람이 보는 앞에서는 다시 철조망을 넘어갈 수는 없는 존재가 인간이란다. 인간이 그 정도 수준이라면 다행이다. 오늘날은 그렇지 않다.

시인은 도둑과 자신을 동일시한다. 양계를 집어치우지 못하는 이유가 도둑과 마찬가지라고 생각한다. 철조망을 넘어온 도둑(양계를 시작한 시인)은 그만두고 싶지만, 그리고 본인이 넘어온 길을 알지만 “어디로 나가는 겁니까?”라고 물으며, 모르는 척 떼를 쓰고 있다는 것이다. 제목 그대로, 양계 변명이다.

내 해석은 다르다. “어디로 나가는 겁니까?” 이 구절을 접한 순간, 깔깔거리며 웃던 얼굴이 굳었다. 출구 없는 삶의 서러움과 답답함에 눈물이 멈추지 않는다. 1981년 판, 낡고 먼지 나는 책은 물기를 감당하지 못한다. 나야말로 간절히 묻고 싶다. 어디로 나가야 합니까. 어떻게 살아야 합니까. 당장 오늘 무엇을 해야 합니까. 어떻게 살아야 할지 몰라 시간이 다가오는 것이 두렵습니다. 저는 아직도 진로를 정하지 못했습니다. 페미니즘은 너무 어렵고요, 공부도 더는 못하겠습니다. 토란 같은 구근(球根)류 전문 카레 집을 할까요, 헌 옷 수선집이 좋을까요, 운전을 배워 트럭을 몰며 거리에 버려진 가구를 모을까요? 내 의지로 태어난 것이 아니잖아요! 사방이 꽉 막힌 인생. 누가 나를 인생에 가둬놓은 것입니까. 도대체 어디로 나가야 하는 겁니까? 사실은, 사라지고 싶습니다. 그게 유일한 출구잖아요.

더는 이런 세상에서 살 수 없다. 하지만 세상이 다 썩었는데 나만 청정하다고 할 수도 없다. 나는 사기당하는 데 이력이 났다. 돈, 시간, 사람 잃기를 반복한다. 잘난 척하다, 순진함과 진정성을 구분 못해서, 일방적이어서, 준비되지 않은 정의감 때문에, 멍청해서……. 그러다 분노가 폭발, 모든 것을 망치기 일쑤다.

유관순, 윤동주까지 갈 것도 없고 김수영 47년, 나쓰메 소세키 49년, 김현 48년, 내가 좋아하는 배우 필립 시모어 호프먼은 47년을 살았다. 그들과 비교할 일은 없다. 하지만 '나이만 먹는다'는 괴로움은 떨칠 수 없다. 다행히 우주의 관점이라는 게 있다. 그렇지, 나는 모래알의 백만 분의 일보다 작은 먼지다. 어디로 나가긴? 일단, 이부자리에서 나가자.

시시한 인생

유리문 안에서 _ 나쓰메 소세키

"나의 명상은 아무리 오래 앉아 있어도 결실을 보지 못했다. 붓을 들어 쓰려고 하면 쓸거리는 무진장 있는 것 같고 이걸로 할까 저걸로 할까 머뭇거리다 보면 더 이상 무얼 쓰건 시시하다는 태평스러운 생각도 일었다. 잠시 거기에 우두커니 서 있는 동안, 이번엔 지금껏 써 온 것들이 전혀 무의미하게 여겨졌다. 어째서 그런 걸 썼을까, 하는 모순이 나를 조롱하기 시작했다." (113쪽)

'나쓰메 소세키'가 아니더라도 글쓰기가 생업인 사람들에게는 공감 이상의 구절일 것이다. 써야 하는데 안 써진다. 자판 앞에 앉아만 있다. 글자 없는 화면에 혼자 깜박거리는 커서가 무서워지기 시작한다. 나처럼 급한 이들은 몽쉘통통 같은 '울트라 슈퍼 당(糖)'을 먹어 가며 어떻게든 면을 메우거나, 시간이 지나면 '글은 써서 무엇하리' 하며 드러눕는다. 물론 그렇게 쓴 글은 소용이 없고, 포기해봤자 할 일이 사라지지는 않는다. 이는 글쓰기에만 해당하는 것이 아니다. 사는 것이 무슨 의미랴. 살아 뭐하나. 만사가 시시하다. 생계만 아니라면 이 외롭고 지겨운 노동, 그만하고 싶다.

나쓰메 소세키(1867~1916년)의 《유리문 안에서》는 그가 사망하기 일 년 전 〈아사히 신문〉에 연재했던 산문이다. 2008년에 출간된 번역본의 부제는 '최후의 산문집'이었는데, 이번에는 '마음 수필'이다. 번역자의 문체도 한몫했겠지만 대가의 '최후의 마음'이 느껴진다. 딱히 슬픈 글은 아니지만 차분하고 안쓰럽다. 그가 묘사하는 지저귀는 새조차 고요하다. 소세키가 작가로서 입지를 다지기 시작할 무렵, 지병이었던 위궤양과 신경쇠약이 그를 괴롭힌다. 일본의 근대를 대표하는 지식인으로서 한때 천 엔짜리 지폐의 주인공이었던 그의 작가 생활은 실제로 10여 년 정도였다. 오십을 살지 못했다.

서두에 인용한 부분은 전업 작가의 스트레스처럼 보이지만 나는 '유서'라고 느꼈다. 자살과 관련한 유서가 아니라 병약한 사람이 남긴 마음의 서정, 유서(遺抒). 아프고 기력이 없다. 손목과 시력이 망가져 간다. 예전처럼 일할 수 없고 인생이 더는 새롭지 않다. 나는 이런 상태가 '불행하다'고 생각하지 않는다. 이런 상황에서만 생성되는 사유가 있고 즐거움이 있다. "한가로움을 사랑한다. 자그맣게 빈둥빈둥 지내고 싶다."(123쪽) 번잡한 생활에서는 누릴 수 없는 기쁨이다.

이 책은 사망 일 년 전에 출간되었다. 소세키는 당시에는 흔치 않은 유리문 집에서 요양 중이었다. 유리문은 일본의 전통적인 장지문(障紙門), 즉 종이문과 달리 바깥 풍경을 볼 수 있다. 방문객, 나무, 바람까지. 유리문은 자신과 외부를 모두 관조할 수 있는 실재이자 상징이다. 그 외부에 죽음도 있었을 것이다.

바쁘거나 열정적인 일상은 삶과 죽음에 대해 생각할 기회를 차단한다. 그러다가 하던 일에 회의가 밀려오고 사람에게 실망하고 세상이 부조리하다는 것을 깨닫고……. 가까운 사람이 떠나면 죽음에 대한 생각을 피할 수 없다. 돌아가신 엄마는 어디에 있을까. 내가 죽어도 이 동네는 그대로겠지. 늘 죽음에 대해 생각한다. 내가 삶에 몰두하고 생각을 메우는 방식이다. 삶과 죽음 사이에 무엇이 있을까. 생사의 다름은 무엇일까. 소세키의 산문은 내 고민에 답한다.

사실, 삶과 죽음 사이에는 별것이 없다. 죽어 가는 사람이 마지막에 본 풍경이 있을 뿐이다. 그게 끝이다. 삶도 죽음도 거창한 주제가 아니다. 남성의 관점이 있고 여성의 관점이 있듯이, 인간의 관점이 있다면 자연의 관점이 있다. 삶의 관점이 있다면 죽음의 관점이 있다. 자연의 관점에서 보면, 인간의 죽음은 큰 사건이 아니다. 죽음의 관점에서 보면, 삶은 짧다. 대부분은 시시하고 잘 안 써지는 글과 같다.

글의 서두에 '붓' 이야기가 나오지만 소세키는 한번도 붓으로 원고를 쓴 적이 없다고 한다. 모두 만년필로 썼다.

러브리스 모성, 러브리스 섹스

어머니를 떠나기에 좋은 나이 _ 이수경

"상처받지 않은 것처럼 다시 사랑해보는 것은 불가능하다 할지라도, 여러 번 상처받은 것처럼 사랑해볼 수는 있을 것 같았다. 여러 번 상처받는 것처럼 하는 사랑은 어떤 것일까."(244쪽) 정말, 어떤 것일까?

소설가 이수경의 《어머니를 떠나기에 좋은 나이》(표제작)를 보고 "떠나보내기에"로 잘못 읽었다. 내가 엄마를 떠난다는 것은 있을 수 없는 일이기 때문이다. 단 한순간도 설정하지 않은 삶이다. 엄마는 6년 전에 죽었지만 나는 장례식을 치르지 않았다. 엄마는 항상 내 곁에 있고 나는 엄마의 의중을 살핀다. "엄마, 매일매일 보고 싶어요. 심장이 뛸 때마다 보고 싶어요."

이 책은 여덟 편의 빼어난 단편들이 서로 기대고 있는 제18회 무영(無影) 문학상 수상작이다. 작품을 읽고 한동안 마음의 난(亂)을 겪은 나는 여전히 어지럽다. 해설을 쓴 문학평론가 이

병훈의 능력을 빌린다. 그는 이수경의 작품 세계에 대해 이렇게 썼다. "괜찮은 것 같은데, 아니 괜찮은데, 안 괜찮은 인생." 이에 더해 작가의 문체는 내 비록 과독(寡讀)이지만, 자주 접하지 못한 독특한 분위기가 있다. 단정하다 못해 '정숙'한 지경에, 깊은 상흔이 어른거리는데 따뜻하다.

작품의 주인공들은 모두 "내가 행복해도 되겠습니까?"라고 묻는 것 같다. 1998년 〈한국일보〉 신춘문예 당선작이자 소설집 전체의 원형(原形)을 이루는 〈가위바위보〉의 '나'처럼 아픈 사람이 아픈 사람을 보듬는다. 내 인생을 잘라버린 날카로운 가위와 바로 눈앞에서 굴러오는 운명의 바위에 깔려 있지만, 그래도 상처받은 사람과 같이 덮을 수 있는 포대기(보, 褓)를 놓지 않는다. 마지막 문장이 압권이다. "그는 아직도 돌아오지 않고 있다. 눈물 때문에 내 눈에 어리는 달은 자꾸만 기울고 있는데." (35쪽)

나는 표제작의 일격으로 주저앉았다. 작품의 외양은 "맹렬하고 사나운 정사"를 꿈꾸었으나 어머니의 다락에 갇힌 마흔아홉의 여자와 "내가 연하라서 많이 놀라셨습니까?"라고 말하는 여섯 살 아래의 남자 마이클의 이야기다. 남자는 여자를 만나러 휴가를 내고 미국에서 날아왔다.

"안전하고, 반듯하고, 항상 의무와 책임을 다하고, 있어야 할 자리에 놓여 있고, 원칙대로 사는 것만이 인생이라고 세뇌시킨 어머니를 완전하게 배반할 수만 있다면 …… 나머지는 다 죄악이라고 강박관념을 심어준 어머니를 내 안에서 온전하게 버릴 수만 있다면 러브리스 섹스인들 못하겠는가. 러브리스 모성도 있는데 그까짓 러브리스 섹스가 무슨 대수겠는가."(254쪽)

러브리스 모성, 러브리스 섹스. 섹스는 모르겠고, 모성은 여성의 성 역할이지 자연스러운 사랑이 아니다. 내 처지가 작품과 같지는 않다. 가부장제 사회에서 분리 통치당한 모녀의 상투적인 이야기다. 내가 어떻게 1938년생 여자(엄마)의 인생을 대신 살 수 있겠는가. 다만 나는 착한 척함으로써 앞서 태어난 여자들을 제치고 '앞서가는' 죄의식을 씻으려고 했다.

엄마는 내가 공부(언어)에 욕망이 있다는 사실에 불안해했고, 동시에 자기처럼 포기할까 봐 불만이었다. 죽을 때까지 딸에게 '이중 메시지' 던지기를 포기하지 않았다. 나는 엄마가 보고 싶지 않다. 더는 엄마의 무거운 몸을 어깨에 짊어지고 울며불며 사막을 헤매고 싶지 않다. 어차피 딸은 '아버지'에게도, 아버지를 조종하려다가 실패한 '어머니'에게도 인정받을 수 없는 인생이다.

작가처럼 암 4기 진단을 받았던 사람, 호텔 미니바의 맥주를 못 마시는 사람, 나이들었다고 생각하는 사람, '마이클'을 기다리는 사람, 밤에 전화할 곳이 없는 사람, 취약한 사람에게 끌리는 이들에게 읽기를 권한다. 위로란 받는 것이 아니라 깨달을 수 있는 마음임을 배울 수 있다.

작가는 지배하기 위해서 쓴다

지배와 해방 _ 이청준

세상에는 좋은 글귀가 많다. 그것을 나눠 갖고 싶은 것이 독자의 마음이요, 이 마음이 '작가의 지배'다. 아래 문장을 함께 감상하고 싶다.

"삶은 견딜 수 없이 절망적이고 무의미하다는 현실의 운명과, 이 무의미한 삶을 무의미한 채로 방치할 수 없는 생명의 운명이 원고지 위에서 마주 부딪치고 있습니다."(김훈, 2001년)

"소설을 쓴다는 것은 언제나 막막하고 아득합니다. 이 막막함과 아득함 위에 하나의 형태, 하나의 공간을 만든다는 것은 가혹한 고통이며 동시에 한없는 위안입니다. 고통이 위안이 된다는 것. 이 이상한 열정이야말로 제가 세상을 향해 유일하게 드러내는 운명의 모습입니다."(정찬, 1992년)

"속에서 웅얼거린다. …… 속에는 말의 고통, 말하려는 고통이 있다. 그보다 더 큰 것이 있다. 더 거대한 것은 말하지 않으려는 고통이다."(차학경, 1982) 거대한 것은 말하지 않으려는 고통, 말하면 버림받는 고통. 그러나 말하지 않으면 죽을 것 같다.

위 문구들은 내가 살아야 할 이유를 대변한다. 이런 언어가 나올 때까지 작가의 노동과 '가혹한 고통'은 그/녀만이 감당해야 한다. 세상 그 누구에게도 도움을 청할 수 없는 외로움이다. 머릿속이 우주처럼 비어 있는 상태. 독자의 윤리는 일일이 찾아 읽는 것이다.

책을 읽다 보면 '어떻게 이런 생각을 할 수 있을까, 어떻게 이렇게 술술 쓸 수 있을까' 감탄하게 되는 경우가 있다. 많이 읽고 쓰고, 생각하기. 이 세 가지만으로 가능한 일은 아니다. 그래서 우리는 천재를 믿지만, 걸작은 한 인간의 운명적 순간, '절정'의 산물이라고 생각한다.

내게 이런 책들은 학술서보다는 문학이, 외국 작품보다는 한국 소설이 많다. 여섯 편의 중단편이 수록된 이청준의 소설집 《예언자》도 그런 작품 중 하나다. 출간된 지 40여 년이 되었는데도 '나의 지금 여기'가 이 책에 있다. 왜 사는가(회의), 더 열심히 살고 싶다(의욕), 혹은 은둔을 고민하는 이에게 권한다.

쓰기는 말하기이고, 말하기는 사는 것이다. 왜 사는가? 뻔한 우문이건만 벗어날 수 없는 질문이다. 신경숙 씨가 표절 논란 당시 다음과 비슷한 말을 했는데, 기억에 남는다. "(상황이 어떻든 간에) 저에게 문학은 생명입니다. 글을 쓰지 않으면 저는 죽습니다."

"우리 시대 대표적 작가의 관심 폭과 한국 문학이 보여주는 최대한의 수준을 가늠해주는"(김현) 《예언자》에 실린 단편 〈지배와 해방〉의 부제는 "언어사회학서설3"이다. 〈지배와 해방〉에 따르면, 글을 쓰는 이유는 글쓴이 자신의 동기와 인간적 욕망에서 출발한다.

그 첫 번째 형식은 일기와 편지다. 다음은 바깥 세계에 대한 강렬한 복수심과 지배욕이다. "작가는 지배하기 위해 쓴다." (129쪽) 조화롭고 창조적인 지배, 화해하는 지배다. 그렇다고 이 지배가 마음대로 되느냐. 당연히 그렇지 않다. 펜의 지배와 칼의 지배가 같다면, 언어가 무슨 소용이겠는가.

대개 작가는 패배한다. "진정한 글장이로 살아가기를 원한다면 그렇게 늘 현실의 패배자, …… 영원한 신인, 영원한 삶의 순례자로서 언제나 새로운 고행 앞에 다시 서지 않으면 안 되는 숙명."(318쪽)

〈지배와 해방〉에는 왜 쓰는가, 정치색, 문예 사조, 글의 종류 등 언어 행위의 근본적인 주제가 '일목요연'하게 정리되어 있다. 소설의 형식 자체가 강의 테이프 녹취록이다. 이 작품의 문장은 굉장히 정확하게 읽히는데, '이 지면의 임무인 요약 소개'가 어려웠다. 생각해보니, 한 줄 한 줄이 핵심이라 내 요약이 의미가 없었다.

노화는 감정이다

근대성과 육체의 정치학 _ 다비드 르 브르통

지난 금요일 아침부터 겨우 시원해지기 시작했다. 이날을 기억할 정도로 올여름은 더웠다. 나만의 감식법인데 '8월 하순'에 대한 사람들의 반응을 보면 나이듦에 대한 심정을 알 수 있다. "드디어 가을이 왔다."고 좋아하는 이들은 아직 젊다고 '생각하는' 사람이고, 올해 같은 8월이 가는 것조차 서운한 이들은 스스로 나이들었다고 '생각하는' 사람이다. 언제부터인가 나는 후자다. 인간은 원래 소통 불가능한 동물이지만 이 심정을 '젊은 이'는 모를 것이다. 역지사지가 가장 어려운 영역은 나이 차이가 아닐까. 한쪽은 거쳐 왔고, 한쪽은 도저히 알 수 없는 완벽한 비대칭.

나는 여느 해처럼 이번 여름 내내 골방에 처박혀 일만 했다. 에어컨을 싫어해서 창문만 열어놓고 찜통 속에서 두통을 앓으며 극기(?)의 시간을 보냈다. 그런 계절이 떠나는데도 섭섭한 것이다. 가을은 순식간, 겨울은 지긋지긋 길겠지, 여름은 언제 오려나……. 중년은 가을, 노년은 겨울, 청춘은 봄, 5월은 활기차고 11월은 쓸쓸하다? 적절한 비유라 해도 북반구에 한정되는데, 계절과 생애의 관계는 완고하다.

몸에 대한 사유는 인문학의 처음이자 끝이다. 프랑스의 인류학자 다비드 르 브르통의 《근대성과 육체의 정치학》은 근대 이성의 발명을 위해 대상화된 몸에 관한 총괄적인 보고이자 해석이다. 몸을 매개로 삼아 근대 사회의 실상('발전 경로')을 추적한다. 당연히 거의 모든 학제(인류학, 철학, 정치학, 의학, 사회학, 페미니즘 등등)를 통과하는 지식의 보고다. 사례를 들기 어려울 정도로 모든 장면이 흥미로운 '정보'로 가득하다. 서구 중심의 근대성 그 자체와 한계를 이해하는 데 맨 앞에 세울 만한 책이다. 번역도 좋고 내용도 쉽다.

7장 '참을 수 없는 노화'는 노화와 노인에 대한 사회적 재현(표상)을 다루고 있다. 한국 사회의 몇몇 분야는 나이에 근거한 철저한 인종·신분 사회다. 군대 동기가 '별'을 달면 또래도 '옷을 벗는다'. 법조계, 신문사, 학계까지 그렇다.

이런 분들 빼고는 오늘날 나이듦의 의미는 예전만큼 정확하지 않다. 짐작하기 어려운 나이들이다. 얼마 전 택시 기사의 뒷모습을 보고 50대라고 짐작했는데 75살이란다. 동안도 흔하다. 몇 살부터 나이든 사람일까? '3포'에서 '7포 세대'까지, 생애 주기 규범(나이에 맞는 사회적 역할)이 비현실화된 사회에서 나이는 이전과 다른 개념을 요구하고 있다. 그래서 저자는 노인을 "회색 대륙"이라 부른다.

고령화 사회, 내 걱정거리는 상호 혐오다. 사람들은 노화를 의식하면서 자기 혐오와 싸우고, 자기보다 나이 많은 사람에겐 안도감과 우월감을 느낀다. 특히 여성들이 자주 쓰는 말, "주름이 자글자글하다."는 말이 나는 매우 불편하다. 자글자글. 스스로에 대한 방어이자 여성의 여성 혐오다.

저자는 노화의 실제 현상보다 시선, 이미지, 인식에 집중한다. 몸은 세월 앞에 노출되어 있지만 몸의 이미지는 인생의 초창기에 형성되고 내내 학습된다. 하지만 노화는 전 생애에 걸쳐 진행되므로 사실 노인의 범주는 임의적이다. 시대마다 지역마다 노령의 개념이 다르다. 삶은 누구에게나 질병과 피로와 나이듦의 시간이다. 그래서 나이듦은 느낌이다. 타인의 시선을 내재화한 자기 감정인 것이다.

"노화는 오랫동안 발아기에 있는 씨앗과 같다. 밖에서(사회) 주는 양분에 따라 때로는 뿌리가 빨리 자라고 때로는 느리게 자라는 것처럼, 타인의 감정에 따라 노화는 달라진다. 노화는 생물학적 나이에서 시작하는 것이 아니라 개인만이 인지하는 지표들이 망라된 것이다. 나이는 자기 마음대로 들지 않는다. 우리는 사유(cogito)의 경험처럼 명백한 경험이 없기 때문에, 젊은 시절에도 자신이 늙었다고 생각할 수도 있고 죽을 때까지 젊다고 믿을 수도 있다. 노화는 감정이다."(176쪽)

그렇게 느끼는 것뿐이다. 노화는 인생 자체다. 태어나고 시간이 흐르고 죽는다. 특별하지 않다.

이제까지 철학자들은 세계를 해석해 왔을 뿐이다

루트비히 포이어바흐와 독일 고전철학의 종말
_프리드리히 엥겔스

중학교 1학년 처음 영어를 배울 때 '잠자다', '생각하다', 심지어 '죽는다'가 왜 동사인지 이해할 수 없었다. 이건 움직이지 않고 가만히 있는 상태 아닌가? 있다, 없다, 그렇다, 아니다를 의미하는 be 동사는 더욱 이상했다. 영어 선생님한테 물었더니 '존재 동사'라고 하셨다. 충격받은 기억이 생생하다. 아, 존재는 동사구나.

내 기억이 거짓은 아니지만 경험은 과거에 대한 선택적 해석이므로 위 이야기는 현재 생각이기도 하다. 맥락이 의미를 규정한다. 뷔히너, 포크트, 몰레스호트 같은 과학자 이름이 난무하는 18세기에서 19세기 말에 걸친 독일 사회가 배경인 이 책을, 1980년대 남한 대학생인 내가 이해했을 리 없다. 하지만 고전이 왜 고전이겠는가. 고전은 무식의 면죄부다. 아무 때나 인용하고 표기 그대로 오해해도 된다는 허가증이므로, 고전으로 간주되는 책들은 태생부터 반동적이며 동시에 해방구다.

이 책은 당대 자연과학의 발전과 유물론의 관계를 규명하는 데 초점을 두고 있어서 구체적이고 흥미진진하다. 과학사로 읽어도 재미있다. 엥겔스는 책 말미에 독일 철학자 루트비히 포이어바흐에 대한 마르크스의 몇 가지 언급을 부록으로 실었다. 유명한 '포이어바흐에 관한 테제'다. 이 글 제목은 마지막 열한 번째 구절.(90쪽) 마르크스 사후의 일이고 원래 메모에는 "그러나"가 없었다고 한다.

지금도 이 구절에 동의하는 마르크스주의자는 없을 것이다. 이 문구에 대한 나의 관심은 비판이란 무엇인가이다. 그전에는 여성에게 해석은 곧 변혁이므로 나만의 언어를 갖는 데 몰두했다. "서구 철학은 플라톤의 주석"이라는 표현을 조롱했지만, 근대 이후 서구 철학이 마르크스의 주석임을 부정하기는 힘들다. 그중 하나가 이 문장이다. 현실(present)과 현실의 재현(re-present)의 관계, 즉 사회 변화에서 언어(담론)의 '역할'은 영원한 논쟁거리다. 이 격렬한 구절은 숭배받았고, 또 그만큼 비판에 시달렸다. "이제까지의 모든 철학은……." 과거와 완전한 단절을 선언하는 이 관용구의 운명은 자기 논리에 의해 자신도 부정된다. 파생(派生)된 것은 바다를 이루고 파도가 되어 '기원'을 삼켜버리기 마련.

이 구절은 마르크스주의의 위업과 한계의 절정을 상징한다. 그가 살아 있다면 자신의 언어가 길이 끊어졌음을 알고 웃었을 것이다. 알튀세르, 푸코, 라클라우나 스피박, 무페, 버틀러 같은 일군의 페미니스트는 보완이든 비판이든 상호 비판이든 마르크스의 길을 연결한 공신들이다.

이들의 요지는 해석과 변혁은 분리되지 않으며, 다르게 해석하는 행위가 곧 변혁이라는 것이다. 신앙을 포함해 모든 철학은 변화를 위한 것이다. 해석이 곧 실천임은 당연한 이야기고 문제는 누구의 해석이냐, 그것을 누가 대표로 말할 수 있는가다. 또한 언어는 사용하는 사람의 위치에 따라 의미가 달라지기 때문에 소통 과정에서 변형된다. 투명한 언어는 없다. 사실 인간은 언어로 말하지도 않는다. 소통에서 말이 차지하는 비율은 3~7퍼센트. 나머지는 몸이 말한다.

이 책을 처음 읽었던 스무 살 때부터 변화는 곧 비판이며 비판은 곧 저항이고 저항은 무조건 올바르다고 생각했던 것 같다. 저 문장에는 비판이라는 표현도 없는데……. 비판, 저항, 방어(자기 합리화)가 모두 같은 행위였으니 끔찍한 일이다. '변화시켜야 할 대상'은 마치 분노처럼, 타인을 향할 때 폭력이고 나를 향할 때 우울이다. 그래서 나는 젊은 날엔 폭력적이었고 지금은 우울한 것일까.

푸코는 '비판이란 무엇인가'라는 강연에서 "비판은 자신이 명확히 알지도 못하고, 또 스스로 그렇게 되지도 못할 미래 혹은 진실을 위한 수단이자 방법이다."라고 말했다. 그렇다면 난 이제까지 어떻게 살아왔단 말인가. 혹시 비판이 생계가 된 것은 아닐까. 그렇다면 최악의 비참이다. 나는 왜 존재 자체를 수용하지 못했을까. 그것은 동사인 것을. 움직이는 것을 어떻게 변화시킬 수 있단 말인가.

비판이라는 실천은 푸코의 작두 위에서 춤추는 일이다. 다행인 것은 모든 비판은 자기 변화로만 가능하다는 사실이다. 나는 모든 비판자들을 존경한다.

은둔

숨어사는 즐거움 _ 허균

"이렇게 살아도 되는 걸까." 이 정도면 행복한 고민이다. 그 다음이 줄줄이 기다리고 있다. 어떻게 살아야 하나. 이렇게 살바엔. 살아야 하나 말아야 하나. 죽고 싶다……. 사는 게 정말 쉽지 않다. 그런데 대안은 없다. 인생이 지옥이고 죽음이 천국이라면, 연옥쯤에 해당하는 것이 은둔 아닐까. 세속이 비대해질수록 은둔의 영역도 변동했다. 역사상 은둔이 가장 간단해진 시대는 지금이다. 기기가 인간의 몸을 대신하는 시민권이 되었으니, 휴대 전화와 인터넷 계정만 없애면 절로 은둔이다.

이 책의 원전 《한정록(閑情錄)》은 허균(1569~1618년)이 불우한 시기였던 42살에 중국 고서들을 읽으면서 예전 선비들의 은둔 철학을 모은 일종의 독서 노트다. 이 책을 소설가 김원우가 엮어 편하고 아름다운 우리말로 옮겼다. 허균도 김원우도 독자를 실망시키지 않는다. 구구절절 흥미롭고 깊이 있는 말씀들이다. 가지고 다니면서 읽기 좋다.

하지만 은둔이나 풍류도 보편적인 인간 경험은 아니다. 노비의 은둔은 도망자의 삶이다. 책의 부제인 '풍류'나 자주 등장하는 술타령도 내겐 뜨악한 이야기. "무릎을 꿇고 식사를 올리는 비녀(婢女, 43쪽)"의 시중을 받는 생활은 은둔이 아니다.

도인부터 히키코모리까지 동서고금을 막론하고 은둔의 정의, 범위, 방식은 다양하다. 세상에 대한 환멸, 결벽증, 유배, 타고난 염세주의, 자연 친화적 삶, 고상한 삶 추구, 사람보다 책이 좋은 사람, 물러남의 지혜……. 자살이나 집단 우울증보다는, 자발적 선택이든 "다시는 사람을 믿을 수 없어서"든 은둔이 낫지 않을까. 사회적 죽음으로서 은둔을 생각한다면 조금 덜어내는 삶, 은둔을 제안한다.

"말세" 한탄은 플라톤 시절부터 있었다. 어느 시대나 사람이 꽃보다 아름다운 경우는 드물다. 사람으로 인한 즐거움보다 책, 음악, 자연이 주는 것이 쾌락이 훨씬 크다. 사람에게 입은 상처는 사람만이 고칠 수 있다지만 반드시 그럴까. 나는 사람 없는 치유를 기대한다.

"장목지(張牧之)는 죽계에 숨어 살며 세상을 피했다. 손님이 찾아오면 대나무 사이에서 몰래 엿보다 훌륭한 사람인 경우에만 대화를 나누었다. 그를 만날 수 없는 속된 사람들은 그를 맹렬히 비난했지만, 전혀 개의치 않았다."(35쪽) 이 정도면 '숨어 사는 즐거움'이라 할 만하다. 장목지 같은 이들은 세속의 외부

같지만 세속적 선망의 대상이다. 반면 기피나 도피는 죽고 싶을 만큼 고달프고 의욕이 없지만 죽을 수는 없어서 사회 활동을 중단하거나 최소한만 기능하는 삶이다. '낙오'든 자발적 루저든 이유가 어떻든 간에 나는 모든 은둔을 지지한다. 은둔은 소비의 절제, 지속 가능한 삶이다.

이 문제도 양극화인지 우울과 경조증(輕躁症) 인구가 동시에 증가하는 것 같다. 특히 지나치게 유명세를 추구하거나 목표 지향적인 사람은 위험하다. 사실, 이들의 당당한 부도덕성이 우울형 은둔의 근원이다. 제일 괴로운 이들은 멘탈은 취약하고 정신력은 면역 결핍인데, 정치 · 사회 문제에 걱정과 분노가 많은 경우다. 게다가 마음만 앞서는 '욱하는' 정의감까지 있다면 목숨 보전을 위해 잠시라도 은둔하는 것이 좋다.

은둔을 선택하는 이들의 공통점은 "세상이 더럽다."고 여기는 것이다. "지사는 도천(盜泉)의 물도 마시지 않고(중국 산둥성에 있는 샘인데 단지 이름에 '도'자가 들어갔을 뿐이다), 청렴한 사람은 무례한 태도로 주는 음식도 받지 않는다."(116쪽) 허균이 쓴 '서(序)'에도 비슷한 내용이 나온다.(5쪽) "요순(堯舜) 시대에(조차) 요(堯)가 허유(許由)에게 구주(九州)의 장(長) 자리를 제안하자, 그는 귀를 씻고 세상이 자기를 더럽힐까 봐 은거하였다." 귀를 씻을 것까지야. 이 정도의 오만, 세상과 거리를 두려면 자원이 많아야 한다.

소박하게 살고 싶어서, 만사가 귀찮아서, 사람이 싫어

서……. 은둔을 고민하지만 생각보다 간단한 문제가 아니다. 은둔이 도피 이상이 되려면 입장이 확실해야 한다. 나의 잠정 결론. 은둔의 이유는 세상이 나를 더럽혀서가 아니다. 내가 세상을 더럽히므로 떠나야 한다. 마음이 편하다. 마음만이라도 거사(居士).

2장

우리는 타인을 위해 산다

지금은 엄지에 침 발라 돈을 세지

감꽃 _ 김준태

어릴 적엔 떨어지는 감꽃을 셌지 …… 전쟁통엔 죽은 병사들의 머리를 세고

지금은 엄지에 침 발라 돈을 세지 …… 그런데 먼 훗날엔 무엇을 셀까 몰라

시인은 스물두 살, 1970년에 이 시를 발표했다. 시 〈감꽃〉의 전문이다.(10쪽) 시인도 알았을 것이다. "먼 훗날"인 지금, 우리가 죽은 사람의 숫자를 세고 있으리라는 것을.

내가 고등학생이었을 때는 국정 교과서 체제여서 지금처럼 여러 버전의 시집이 많지 않았다. 내 기억엔 당시 《한국의 명시》(김희보 편저)라는 책이 유명했다. 감꽃이 어떻게 생겼는지 몰랐던 나는 "감잎을 돈처럼 셌지."라고 읽곤 했다.

"나는 전혜린"이며 예술가는 모두 백혈병으로 죽는 줄 알았

던 감상적인 문학 소녀에게 〈감꽃〉은 꽃과 시에 대한 관념에 일격을 가했다. 시에 "죽은 병사의 머리", "침", "돈"이 웬 말인가. 《참깨를 털면서》의 다른 시들을 읽으니 이 시는 '고상한' 편에 속했다.

봄이 왔는가? 꽃 이야기로 안부 인사를 전하는 이들이 많다. 친한 친구들은 내가 외출을 꺼리는 것을 알기 때문에 '밖에 나가 꽃구경을 하라'고 권한다. 나는 그들의 낙관이 이해되지 않는다. "꽃구경은 무슨……." 언제부터인가 봄은 내게 황사의 계절 그 이상도 이하도 아니다.

몇 해 전 내가 사는 동네에 단독 주택들이 오피스텔이나 연립주택으로 일제히 증축 공사를 벌일 때는 살고 싶지가 않았다. 좁은 동네에 건축 현장의 먼지에다 인구 폭발의 공포가 엄습했다. 한두 가구가 최소 열 가구 이상이 되는 것이다. 흙먼지가 옷에 묻어 눈에 보일 정도였으니 요즘의 미세 먼지는 그냥 공기다.

이제 봄은 이어령의 표현을 엉뚱하게 가져오면 "흙속에 저 바람 속에"일 뿐이다. 봄 기운, 봄 냄새, 봄밤의 정취……. 이런 거 없다. 중국과 가까운 제주도는 대륙에서 불어오는 황사 때문에 일부 지역엔 지붕에 두터운 먼지가 또 하나의 지붕으로 얹혀 있을 정도다.

꽃? 오래된 아파트는 제 나름의 좋은 점이 있다. 1층인 우리 집 앞 화단은 남들 보기엔 꽃밭 천국이다. 나무를 심은 지 오래

되어 뿌리는 깊고 가지는 왕성하며 각각의 꽃봉오리들은 뭉텅이로 육중하다. 분홍색, 옅은 분홍색, 자주에 가까운 빨강색, 흰색이 빽빽이 어우러진 철쭉의 개화는 안정감이 없다. 햇빛이 좋은 날에는 현기증이 날 정도다.

꽃은 식물의 생식기. 사람들이 꽃을 좋아하는 이유 중 하나는 생명력 때문일 것이다. 식물이 동물보다 '우월'하다. 동물은 다른 생물체를 없애야만(죽여야만) 먹을 것을 조달할 수 있지만, 식물은 아무것도 파괴하지 않는다. 철쭉나무 아래를 불안스레 왔다갔다하는 털 빠지고 더러운 노숙 고양이를 보면서 그와 나를 동일시한다. 병든 동물보다 시든 식물이 '나은' 것은 물론이요, 지금 철쭉의 현란함은 육식 식물을 연상시킨다.

이 시는 꽃과 돈, 그리고 그 둘이 상징하는 일상을 다시 생각하게 한다. 꽃과 돈은 언뜻 미추로 대비되어 보이지만, 같은 "다발"이라는 단어와 붙어다닌다. 돈 가는 곳에 꽃이 간다. 그렇지 않은 꽃은 시선 없는 한적한 시골길에 홀로 흔들리는 코스모스 정도다.

꽃은 더는 아름답지 않다. 인간은 꽃을 사회의 축소판으로 만들었다. '꽃다운 청춘'은 경쟁하다 피기 전에 잉여가 되거나, 돈만 세는 세상에서 수학여행 중에 익사하거나, 폭력 가정에서 너무 일찍 진다. 나는 예전부터 동백꽃이 예사롭지 않았다. 꽃잎이 낱낱이 지지 않고 봉오리 채 댕강 떨어지는 동백은 효수(梟首)를 연상시킨다. 내게 동백은 전봉준이요, 제주 4·3의 민초들이다. 연인들이 기념일에 챙기는 장미 꽃다발은 진부함과 편집증을 상징한다. 모두 아름답지 않다.

장기수를 다룬 다큐멘터리 영화 〈송환〉에는 더 충격적인 장면이 나온다. 한국의 '인권-진보' 진영은 장기수 출소 기념 행사에서 40년을 복역한 이에게는 큰 꽃다발을, 38년을 복역한 이에게는 그보다 작은 꽃다발을 걸어준다. 그러니까 복역 연수에 따라 금은동 메달로 꽃다발에 차등을 둔 것이다.

꽃이 꽃답지 않다. 우리가 그 이름을 불러주어도 소용이 없다. 그렇게 봄이 간다.

사랑은 조건적

빅터 프랭클의 심리의 발견 _ 빅터 프랭클

사랑에 대해 말할 때 붙어다니는 단어 중 하나가 '무조건'이다. '무조건'에는 두 가지 문제가 있다. 하나는 무조건(un/conditional)이라는 상황에 대한 오해고, 다른 하나는 오해가 풀렸다 해도 '무조건'은 불가능한 인간의 조건이라는 점이다.

무조건은 어떤 걸림도 없는 투명한 세계 같지만, 진공 상태인 우주에서도 무조건은 없는 현상이다. 조건은 특정한 사회문화적 정황을 의미한다. 당연히 조건 없는 관계는 존재할 수 없다.

인간은 사회적 동물인데, 남성 문화는 사랑이나 섹슈얼리티 영역에서 인간을 '동물적 동물'로 사고하는 경향이 있다. 실제로는 동물도 자연 환경과 상대방의 조건에 맞는 사랑(번식)을 한다. '동물적인 동물'은 사회를 만들고 정치를 하는 인간밖에 없다.

상대방을 만나고 알게 되는 과정은 어떤 틀 안에서 이루어진다. 그 구조가 현실이 아닐 때 판타지라고 말한다. 가족이나 이성애처럼 제도이기도 하고 관계를 맺게 된 계기나 상대방에게 느끼는 감정은 문화적 각본의 산물이다. 사랑의 가장 정확한 개념이자 지향은 조건적이다. 여기에는 "조건에 맞춰 결혼했다.", '조건 만남(원조 교제)'의 그 조건까지 포함된다. 조건이 교환에 국한되기 때문에 문제가 생길 뿐이다.

유대인 정신과 의사였던 빅터 프랭클은 아우슈비츠에서 3년간 감금되었다가 살아남았고 《죽음의 수용소에서》라는 작품으로 유명하다. 집에 있는 번역본만 3개인데 검색해보니 6권 이상이 출간되어 있다. 평소 주변에 많이 권하는 책이고 독후감도 무궁한 작품이다.

그러나 그의 다른 작품 《심리의 발견》에 손이 갔다. 이 책은 가벼운 팝 사이콜로지(대중 심리학), 요즘 한국말로 하면 힐링 계열의 책이지만 궤도가 다르다. 위로보다 인식을 강조한다는 의미에서 로고테라피(logo/therapie)라고도 불린다. 《죽음의 수용소에서》의 영어 제목도 '의미를 찾아서(Man's Search for Meaning)'이다.

프랭클에 따르면 인간은 본질적으로 의미를 추구하는 존재다. 인간은 항상 자기 외에 어떤 것을 향해 헌신하고, 스스로를 넘어서 다른 대상에게 향한다.

책은 불면증, 건강염려증, 불안, 사랑 등 현대인의 심리적 고민을 다루는데 나는 사랑에 관한 논의가 좋았다. 사랑의 조건은 상대를 인식하려는 노력이다.

(시각 장애에 대한 비유가 불편하지만) "사랑이 사람을 눈멀게 한다는 주장은 옳지 않습니다. 도리어 사랑은 비로소 눈을 뜨이게 하고 심지어 미래를 보게 합니다. 사랑하는 이가 알아보는 가치는 현실이 아니라 가능성이니까요. 아직은 그렇지 않으나 앞으로 그렇게 될 수 있고 되어야 하는 것입니다. 사랑에는 인지 기능이 포함됩니다."(111쪽)

일단 '조건적'은 반드시 그 사람이어야 한다는 뜻이다. 상대를 대체 불가능한 유일무이한 고유한 존재로 인식하는 것이다. 사랑의 의미가 다양한 것이 아니라 조건의 의미가 다양한 것이다. 결혼 시장에서 말하는 조건은 개인의 개별적인 고유성이 아니라 세상이 요구하는 공통 조건을 말한다.

사랑에서 가장 중요한 것은 인지 행동이다. 나쁜 사람보다, 알 수 없는 사람이 더 무서운 이유가 여기 있다. 실연과 상실의 후폭풍이 너무 커서 인생이 폐허가 되는 경우는 사랑의 인지 기능으로 인해, '포맷'하기에는 공부한 양이 너무 많고 아깝기 때문이다.

더불어 흥미로운 두 이야기를 소개한다. "환원주의자가 가장 많이 하는 말은 '~에 불과하다'는 말버릇"(23쪽)이다. 나도 자주 쓰는 표현이라 웃었다. 다른 하나는 홀로코스트 당시 유명한 일화인데 테레지엔슈타트 수용소에서 일어난 일이다. "당장 다음 날 아침 1천 명의 젊은이들이 아우슈비츠 수용소로 이

송될 예정이었는데 그날 밤 수용소 도서관이 털렸다. 죽으러 갈 젊은이들이 제일 좋아하는 책을 꾸러미에 챙겨 넣은 것이다. 정신적 비상식량으로."(211쪽) 눈물이 났다.

사람을 살게 하는 것은 의미다. 돈과 권력도 그 자체가 아니라 그것이 의미하는 바다. 최고의 의미는 내가 타인의 앎의 노력 대상이 된다는 것(사랑받음), 그리고 상대를 알려는 노력이다(사랑).

겨울이 되어서야 소나무와 잣나무가 시들지 않는다는 것을 안다

제주 유배길을 걷다

_ 제주대학교 스토리텔링 연구개발센터

말을 섞는 것은 몸을 섞는 것보다 심각한 일이다. 나는 대화라는 말, 대화 행위에 긴장한다. 스승과 제자, 상담자와 내담자(정신과 의사와 환자), 수도자와 신자의 관계는 모두 말이 집중적으로 오가는 사이다. 특히 삶의 지혜와 고통 같은 진한 말이 이전되기 때문에 특별한 관계가 형성될 수밖에 없다. 그래서 직업윤리는 이들 간의 사랑을 금지한다. 당연한 일이기 때문에 금지하는 것이다.

조선 왕조 5백 년의 최고 걸작이라는 〈세한도(歲寒圖)〉는 추사 김정희(1786~1856년)가 58살에 제주 유배 중 남긴 작품이다. 당시 청나라 연경에서 유학하던 제자 이상적(李尙迪)에게 선물하기 위해 그린 것이라 한다. 이상적은 권세를 따르는 무리와 달리 귀양살이 중인 스승에게 정성을 다했고 구하기 어려운 책들을 보내주었다고 한다.

추운 나무 두 그루와 작은 집 옆에 긴 글귀가 있다. 스스로 쓴 발문이다. 중간에 공자를 인용한 "세한연후 지송백지후조(歲寒然後 知松栢之後凋)"는 이 작품의 또 다른 제목이다. 《제주 유배길을 걷다》의 원문에는 "날씨가 추워진 뒤에야 소나무가 뒤늦게 시듦을 안다."고 되어 있다.(54쪽) '후(後)'를 직역한 듯한데 문장도 다소 어색하고 침엽수인 송백은 "뒤늦게 시듦"이 아니라 아예 시들지 않기 때문에, 이 글 제목은 내가 조금 고친 것이다.

문인화에 대해 아는 바가 없는 탓이겠지만 위 구절에 대한 해석은 대개 억울한 귀양살이, 제자의 의리, 절개, 곤경에서 꽃핀 예술혼이다. 틀린 말은 아니지만 부분적 해석이어야 한다고 생각한다.

권세가 있을 때는 상록수를 그리워할 필요가 없다. 권력이 상록수처럼 영원할 것 같기 때문이다. 그래서 "겨울이 찾아온 후에야" 지조 있는 이가 생각난다지만, 다시 생각해보면 이러한 발상도 승부의 세계에서 벗어나지 못한 세속의 탄식이다. 변치 않는 정리를 강조할수록 권력의 효과는 커진다. 속세의 권력이 인간관계를 지속시키는 유일한 동력은 아니다. 권력은 무엇인가를 소유했다는 착각일 뿐이다. 그것도 짧은 시간이다.

스승과 제자가 모두 여성인 관계 모델은 역사상 드러나지 않은 사례가 많아 속상하지만, 어쨌든 〈세한도〉는 역사상 넘쳐났던 브로맨스(남성과 남성 간의 애정)의 산물이다. 좋은 스승이나 친구는 나를 형성한다. 내가 만일 추사의 제자라면? 더 바랄 것이 없을 것 같다. 알려진 대로 김정희는 쉽게 나올 수 없는 대학자이자 문예에 밝은 사람이었다. 이런 사람이 되는 것은 자기 노력이지만, 제자가 되는 것은 천운이다.

나는 곤궁한 처지의 스승에게 정성을 다한 것이 대단한 의리라고 생각하지 않는다. 스승의 매력은 지위가 아니라 문장, 지성, 인품 아닌가. 이상적이 정의 차원에서 스승에게 잘한 면도 있겠지만 역관(譯官)이었던 그 역시 주류일 수 없었다. 역관은 중인 계급이었고 '설인(舌人)'이라 불렸다.

유배는 새로운 관계를 만들어낸다. 다른 사람과 대체할 수 없는 신뢰와 정은 어떤 상황에서도 사람을 살게 하는 힘이다. 두 사람 사이에는 소통의 즐거움과 국외자만이 느끼는 여유가 있었으리라.

사람은 누구나 자신을 변화시키는 이를 사랑한다. 인생의 절정은 성별, 계급, 나이, 심지어 정치적 입장을 넘어서 상호 성장을 위해 자잘한 것(권력, 돈, 명예) 혹은 자기가 알던 유일한 세계를 포기하는 순간이라고 생각한다. 독일 영화 〈타인의 삶〉이 그런 경우다. 좋은 인간관계에는 〈세한도〉 같은 걸작처럼 다른 형태의 권세가 따라오기 마련이다.

세한연후 지송백지후조. 어감은 시원하지만 〈세한도〉의 유일한 해석이라면, 걸작을 권력의 그늘에 가두는 일이다. 권력은 짧고 관계는 영원하다. 관계는 어떤 물리로도 환원되지 않는다.

책을 보낸 제자의 마음을 헤아린 완당은 이렇게 썼다. "천만 리 먼 곳에서 온 것이고 여러 해에 걸쳐 구한 것이니 한번에 가능한 것도 아니고……." 얼마나 행복했겠는가.

안전한 관계

모멸감 _ 김찬호

내가 생각하는 이 책의 가장 큰 미덕은 문제의식이다. 문제의식은 왜 이런 글을 썼는가에 대한 저자의 주장, 독자의 읽기 과정, 사회적 합의라는 세 가지 아름다움의 일치다. 문제의식은 '새로운 소재 발굴' 차원에 머무는 것이 아니라 세상에 없던 생각이다. 그래서 문제의식은 글쓴이의 지식, 생각(이론)의 틀, 정치적 입장, 사회에 대한 애정 등 인간의 지적 능력을 집약한다.

문제의식은 당연히 새로운 것이다. 새 술을 새 부대에 담지 않으면 남아 있던 발효물이 섞이게 된다. 그러면 어디서 새 부대를 구할 것인가. 새 그릇은 진실이 두려운 세상이 숨겨놓은 지식 생산의 방법이다. 찾기 힘들다.

그런 의미에서 김찬호의 《모멸감-굴욕과 존엄의 감정사회학》의 성취를 요약한다면 두 가지. 방법론과 내용이다. 슬픔이나 분노처럼 비교적 공감을 얻기 쉬운 심정과 달리, 모멸감은 드러내기 힘든 감정이다. 모멸감, 모욕은 '당했다'는 자기 해석이 동반되는 객관화하기 힘든 속성에다가 수치심과 자기 혐오가 딸려온다.(7쪽) 이 책은 일상화된 모멸과 오만의 현실, 그러나 연구되지 않은 분야에 대한 도전이다. 그렇기에 이런 책은 공동체가 직면한 지성의 모든 한계를 짐 지고 시작해야 한다.

또 하나는 현실의 필요성이다. 자의식은 높으나 자존감은 낮고, 자신을 사랑할 줄 모르지만 타인에게 인정받고 싶고, 욕심은 끝이 없으나 노력은 엄두가 안 나고, 결국 자기 문제를 타인에게 모욕을 줌으로써 해소하는 사람들이 많아지는 시대에 이런 책만큼 절실한 책이 어디 있으랴.

"지금 우리에게 필요한 것은 안전한 관계다. 나를 있는 그대로 받아들여주는 사람들, 억지로 나를 증명할 필요가 없는 공간이다."(258쪽) 이 구절은 필자가 제시한 대안 중 하나인데, 나는 이 부분이 좋았다. "안전한 관계"는 '믿을 수 없는 타인'과 '더럽고 험한 세상'을 넘어선다. 자본주의 사회의 가족 담론은 친밀성을 독점함으로써 사회의 황폐함과 공모 관계를 형성해 왔다. 안전한 관계는 이 두 극단의 영역을 넘어서는 새로운 인간관계일 가능성이 있다.

이제까지 안전한 관계는 힐링과 이성애가 대신해 왔다. 지금 힐링 언설은 안전한 관계가 불가능한 사회에서 일시적인 위약(僞藥)이거나 위약(違約)이다. 안전한 관계는 개인의 노력으로 만들어 가는 새로운 관계인데, 제도의 편의성에 비하면 경쟁력이 형편없다. 그러나 관계를 만들어 가는 과정에서 생성되는 안전함은 고유하다. 교환되거나 양도되거나 대체되지 않는다. 안전은 온전함, 안정감과 다르다. 안정된 인간관계나 사회는 위험하다. 안정은 고정됨, 공안(公安)의 다른 표현이다.

호소하고 싶은 사연, 모순된 자기 행동을 이해받고 싶은 마음, 몸에서 말을 내보내야만 생존이 가능한 상태를 수치심과 상대방에게 판단당하는 걱정에 시달리지 않고 말할 수 있는 관계가 얼마나 될까.

내가 택한 안전한 관계는 나 자신과의 대화인데, 이 방법은 정신이 분열될 위험이 있다. 혹은 신이나 절대자와 대화할 수 있다. 하지만 이 역시 결국은 자신과의 대화다. 우리에겐 타인이 필요하다. 타인과의 상호 작용은 소중한 차원을 넘어 존재양식과 생사의 문제다.

내게 다가오기와 거리 두기를 반복하던 친구가 있었다. 내가 그에게 믿음을 주지 못했기 때문이다. 외로움과의 사투에 지친 그는 안전한 관계를 얻을 수 있다면, 자신의 모든 것을 줄 수 있다고 말하곤 했다. 그가 자살하기까지 나는 그 말을 이해하지 못했다. 삶에서 이해받고 싶은 마음만큼 간절한 것은 없다. 안전한 관계는 사람을 살게 하는 '구조'다.

이 책은 감정 연구를 촉발할 것이다. 다소 이견은 있다. "감정은 사회적으로 구성된다."는 말은 맞다. 하지만 나라면 이렇게 쓸 것 같다. 몸=삶=감정=생각. 감정이 모든 지표다. 감정은 인지 작용, 생각이다. 그래서 감정은 다스리는 것이 아니라 이해해야 할 사고방식이다. 《모멸감》과 더불어 저자가 번역한 《비통한 자들을 위한 정치학》을 함께 읽기를 권한다. 이 책의 부제는 '왜 민주주의에서 마음이 중요한가'인데, 나는 '왜 마음이 민주주의에서 중요한가'가 더 정확한 표현이 아닐까 생각한다.

다가가면 물러서는 미래

지나간 미래 _ 라인하르트 코젤렉

영화 〈카사블랑카〉의 주제가, '세월이 가면(as time goes by)'처럼 시간은 '가는' 것일까? 간다면 목적지는 어디일까. 시간의 생김새는 한 방향으로 직진하는 무한대의 선일까. 독일을 대표하는 석학 라인하르트 코젤렉은 그렇지 않다고 역설한다. 그의 《지나간 미래》는 근대 자본주의에 대한 가장 강력한 문제 제기 중 하나다. 1979년 작이고 '과학들'의 고전인데, 내게는 세상과 거리를 두기 위한 투쟁 지침서다.

우리가 미래를 상상하는 방식은 과거의 경험에 의거한 것이다. 그래서 《지나간 미래》다. 요지는 시간 개념의 전복. 전복이랄 것도 없다. 현재 통용되는 역사, 시간, 지식의 의미는 18세기 유럽에서 만들어진 필요의 산물이었다. 불과 2백 년 전의 일이다. 유럽 인구의 80퍼센트는 농민이었다. 일상의 잣대는 시간이 아니라 자연이었고 부(富)는 기후에 의해 정해졌다.

"시간은 단수(單數)이고 과거, 현재, 미래의 순서가 있다. 인간은 노력으로 미래를 실현할 수 있다. 시대에 뒤처지면 안 된다." 익숙한 이 언설은 사실이 아니다. 틀린 말도 아니다. 다만 만들어진 개념이라는 것이다. 자본주의, 좋은 말로 발전주의가 작동하려면 이 같은 시간 개념이 필수이다. 역사에는 수레바퀴가 달려서 기술이든 민주주의든 전진한다고 믿는 사고 체계, 이것이 근대성의 핵심이다. 미래는 곧 발전을 의미하게 되었다. 백인은 문명화 사명을 띤 인류의 대표를 자처했고, 그들의 미래는 비서구인에게 식민주의와 인종 말살이었다.

지금 우리에게 문제는 이것이다. "하면 된다." 하면 무엇이 되나? 해서 되는 일이 하나라면, 안 되는 일은 아흔아홉 개다. 우리는 세상일이 내 마음대로 되지 않는다는 것을 잘 알고 있다. 뜻한 바가 많을수록 좌절과 불행이 동반 방문한다. 더 큰 문제도 있다. "하면 된다"는 근대화 정신은 "하면 안 되는 것"에 대한 상식을 잠식한다.

글자 그대로 미래(未來)는 아직 오지 않음이다. 이전과 이후를 인식하는 그 순간이 현재다. 본디 과거나 미래는 순환할 뿐 순서도 위계도 없었다. 더구나 미래 개념의 근본 문제는 경험할 수 없다는 것이다. 없는 자에게는 더욱 예측 불가능한 도박이다. 미래는 시간 개념인 것 같지만 실제로는 공간으로만 상상할 수 있다. 세계 10대국, 노벨상 수상 국가, 좋은 집, 합격처럼 우리가 추구하는 미래는 삶의 형태지, 시간이 아니다.

없는 미래를 만들어내려니 비유가 필수적이다. 아마 '지평(地平)'만 한 표현이 없을 것이다. 코젤렉은 흥미로운 실화를 전한다. "저 지평에 이미 공산주의가 보입니다." 흐루쇼프가 연설했다. 청중 한 사람이 질문했다. "동무, 지평이 뭡니까?" "사전을 찾아보시오." 흐루쇼프가 대답했다. 학구열이 강했던 그 청중은 사전을 직접 찾아보았다. "지평, 하늘과 땅을 가르는 가상의 선. 사람이 다가가면 뒤로 물러난다."(396쪽)

평평한 대지의 끝과 하늘이 맞닿은 경계선. 지평은 아직 보이지 않지만 나중에 새로운 공간을 열어주는 선이다. 예측은 가능하지만 경험할 수는 없다. 지평에 닿는 것이 불가능하기 때문에 미래는 언제나 관념의 영역에 머문다. 미래 지향적 사고? 이 그럴듯한 이데올로기 때문에 인간은 삶의 시간 대부분을 자신과 옆에 있는 사람에게 관심을 두는 대신 내일을 걱정하는 데 사용한다. 현재는 "다가가면 물러나는 미래"를 위해 희생되었다. 늘 계획해야 하는 삶. 프랭클린 다이어리는 자본주의 최대 히트작이다.

겨울에 대비해 여름에 열심히 일하는 개미와 그의 '적' 베짱이 이야기는 오해다. 모두 한철을 사는 것뿐이다. 작가 레몽 아롱의 말대로 과거, 현재, 미래 사이에는 인과 관계가 없다. 역사의 규칙도 없다. 우연과 필연은 대립하는 개념이 아니며 관찰자의 관점에 따라 다를 뿐이다.(175쪽)

기대는 희망이 반영된 망상(望床)의 안락의자, 잠시의 착각이다. 갑을 관계를 가능케 하는 것이 바로 기대와 시간이다. 갑은 참으라는 '비전'을 제시한다. 우리가 참고 있는 현재가 그들의 지나간 미래다. 그러니, 지금 행복하다면 모든 계획은 이미 실현된 것이다.

복기

이창호의 부득탐승 _ 이창호

나는 바둑을 전혀 모른다. 오목도 이긴 적이 거의 없다. 하지만 이 책은 나오자마자 샀다. 바둑을 '좋아한다'. 완벽한 문외한의 뻔뻔스런 독후감이지만, 책의 목적이 "바둑의 저변 확대"이므로 위안 삼는다. 나만한 저변도 없을 것이기 때문이다. 관전기는 아주 조금 읽을 줄 아는데, 실제로 해독하는 것이 아니라 '외국어'를 내 의미 체계로 번역한다는 말이 맞을 것이다. 적절한 비유인지 모르겠지만 영화 〈머니 볼〉을 보고, 처음 만난 사람과 밤새 야구 이야기를 나눌 수 있는 이치와 비슷하다. 바둑이 작은 우주, 인생의 축소판이기에 가능한 일이다.

이창호와 이 책에 대한 소개가 무슨 의미가 있으랴. 제목 "부득탐승"(不得貪勝, 승리를 탐하면 얻지 못한다)은 바둑의 열 가지 계명, 위기십결(圍期十訣) 중 첫 번째다.(231쪽) 십결에서 네 항목이 '버리라'는 얘기다. 책은 삶의 교본답게 멘토, 균형, '두터움' 등 관심 있는 사람이라면 생각할 거리가 많다. 내가 나만의 외전(外典)으로 동일시하며 읽은 부분은 성의(誠意)였다. 부끄럽지만, 내 좌우명이 성실이다. 건강이 나빠서 성실할 수 없을 때 가장 괴롭다.

이창호는 할아버지로부터 성의를 배웠다. 무엇인가를 얻으면 반드시 그 이상으로 돌려주고 누구에게나 정성을 다하는 성의는 그의 서명(휘호)이기도 하다.(278쪽) 흔히 성의나 성실은 모범생 기질이나 심지어 답답함으로까지 오해되곤 하는데 그렇지 않다. 만사를 대하는 마음의 자세를 의미한다. 나는 불성실한 사람이 두렵다. 사람들은 모두 자신에 관해 말하고 싶어 하지만, 실제 이를 준비가 되지 않은 상황에서 말을 앞세우면 작게는 기회를, 크게는 신의를 잃는다.(275쪽)

가장 신비로운 바둑의 세계는 복기(復棋)다. 누구나 실패 후 반성하고 학습하는 데는 시간이 걸린다. 아니, 실패에서 배우지 못하는 인생이 대부분이다. 학창 시절 틀린 시험 문제를 다시 보는 것도 괴로운데, 프로 기사들은 대국이 끝난 직후 복기를 둔다. "보이지 않는 창칼"이 오간 상태, 만신창이가 된 몸을 이끌고 취재진의 플래시 세례 속에서 다시 배우는 것이다.

"프로 대국의 복기는 대단히 중요하다. 주요 국면의 수법과 반면 운영, 심지어 전략의 발상까지도 되짚어 분석, 검토하는 시간이기 때문에 승자와 패자에게 모두 진일보하는 계기가 된다. 복기는 패자에게 상처를 헤집는 것과 같은 고통을 주지만 진정한 프로라면 복기를 거부하지 않을 것이다. 아니, 오히려 더 적극적으로 복기를 주도한다. 복기는 대국 전체를 되돌아보는 반성의 시간이며, 유일하게 패자가 승자보다 더 많은 것을 거둘 수 있는 시간이기 때문이다."(194쪽)

나는 바둑의 복기가 스포츠, 예술, 학문 등 모든 분야를 통틀어 호모 파베르의 가장 '우수한' 인성이라고 생각한다. 소 잃고 외양간 고치는 인간은 드물다. 우리 사회가 그렇다. 사람들은 적당한 마무리, 비판, 책임 추궁을 '복기'와 혼동한다.

나는 늘 내 문제가 궁금하고 그로 인해 생성되는 '삶의 화학'에 골몰하는 편이다. 내게 인생의 절정, 결정적 순간은 패배 후의 복기다. 무엇인가 잘못되었을 때, 혼돈과 의문의 시간에 바로 복기할 수 있다면! 그 깨달음의 절실함과 기쁨을 어디에 비교할까. 집약된 배움, 농축된 시간. 바둑의 복기는 요다 노리모토 9단의 휘호처럼 "이치고이치에"(一期一會, 다시 오지 않을 단 한번의 기회)일지 모르지만, 삶은 복기의 연속이다. 그래야 한다. 매 순간이 대국이기 때문이다. 잘못된 복기는 트라우마, 집착, 후회를 가져온다. 지나간 일을 제대로 해석하는 것. 중요하고 어려운 일이다.

끝으로 이창호의 두 스승 이야기. 조훈현 9단의 '장미'를 기억하는 이들이 많을 것이다. 그는 24년간 하루 3~5갑씩 3만 갑 이상 피웠으나 단번에 끊고 등산을 시작했다. 조치훈 9단은 1986년 일본에서 기성 방어전을 앞두고 교통사고로 전치 12

주의 부상을 입는다. 오른팔만 움직이는 상태에서 '휠체어 대국'을 치렀다. 언론은 "영웅의 투혼"으로 보도했지만 실제로는 "바둑 인생이 끝날까 봐 불안해서" 스스로 대국을 서둘렀다고 한다.

무청 김치와 더덕주

토지 _ 박경리

글쓰기에 대해 말할 때 《토지》 에피소드가 자주 생각난다. "《토지》를 만화로 읽는 것을 어떻게 생각하세요?" 인문학 강좌에서 만난 청중이 질문했다. "예? 만화요? 글쎄요……." "안 읽는 것보다는 낫지 않나요?" "……." "어쨌든 모르는 것보단 낫잖아요?" 질문은 주장에 가까웠다. 나는 당황했고 제대로 답하지 못했다.

장편 소설이라는 의미의 노블(novel), 노블 그래픽인 만화에 대한 편견은 없다. 다만 1979년 출간된 지식산업사 판형 《토지》, 이단 세로쓰기에 마른 조곡(粟穀)만 한 글자 크기로 읽었던 나로서는 '만화 《토지》'가 실감나지 않았다. 나중에 확인해보니, 웬만한 고전은 거의 만화로 출간되어 있었다. 만화와 소설은 다른 장르다. 마치 《전쟁과 평화》를 시로 읽어도 되나요, 여행 대신 여행기를 읽어도 되나요, 같은 질문이다. 아마 인문학 고전을 읽어야 하는데 방대하므로 영상이나 요약본으로 쉽게 접근할 수 있다면 안 읽는 것보다 낫다는 요지인 듯하다.

하지만 그림은 글씨보다 쉬운가? 왜 책을 읽는가. 책은 줄거리인가. 만화 《토지》, 드라마 《토지》, 소설 《토지》는 어떻게 다른가. 앞서 말한 청중은 만화 《토지》를 읽고 소설 《토지》에 흥미가 생겨서, 결국 소설을 읽은 학생이 있다며 만화의 효용성을 주장했다. 이런 식의 논리는 예술로서 독자적인 장르인 만화를 차별하는 사고라고 생각한다. 내가 만화가라면 모욕을 느낄 것 같다. 만화나 드라마는 소설 읽기의 어려움을 해결하기 위한 보조 장르도 아니고, 중간 다리도 아니다. 미디어가 메시지다. 형식에 따라 내용이 달라지기 때문에 세 가지는 모두 다르다. 다른 경험, 다른 효과, 다른 학습이다.

만화나 영화를 통해서만 배울 수 있는 세계가 있듯이, '지루한 독서'만이 선사하는 경험이 있다. 주변에 표절 시비가 많다 보니, 나는 표절을 하더라도 직접 타자를 치는 것과 다운로드하는 것은 다르다고 농담하는데, 방법이란 그런 것이다. 내가 생각하는 책읽기는 내용 습득이라기보다는 읽는 과정에서 느끼는 혼란과 즐거움이다. 특히 청소년기의 책읽기는 중요한 훈육이다. 입시 제도와 별개로, 무엇을 하든 한 가지 일에 몇 시간 정도 집중하고 노동을 견디는 것은 필수적인 삶의 조건이다.

책은 책으로 읽어야 한다. 번역본도 읽지 말라는 이들이 있는데 비현실적이어서 그렇지, 틀린 말은 아니다. 원서의 어감은 다르기 때문이다. 언어는 그렇게 오만한 것이다. 쉽게 쾌락을 허용하지 않는다. 내가 드라마 〈미생〉에서 완전 감동받은 대사 "회계가 재무의 언어"이듯이, 회계는 회계대로 영상은 영상대로 활자는 활자대로 각자의 장치가 있다. 회계라는 언어의 전문성이 있고 따로 힘들게 공부해야 하듯이, 활자 역시 만만치 않다. 활자는 단순 글자가 아니다. 다른 매체에는 없는 심오한 행간, 오식(誤識)으로 인한 우연한 앎의 가능성, 투지(透紙, 종이가 찢어지도록 뚫어지게 봄)가 책 내용을 만든다.

독서의 목적은 생각하는 긴장과 외로움, 쾌락을 얻기 위함이다. 독서는 이 목적에 충실해야 한다. 그렇지 않다면 '명작'보다 '킬링 타임'용 책이 낫다. 그래서 책을 읽는 것 자체가 목적인 '펄프 픽션'은 요약본이 없다. 책의 본문에 충실하기 때문이다. 문제는 안 읽는 것이 아니라 읽어야 한다는 강박과 읽은 것을 전제로 세상이 흘러가는 것이다. 독서는 타인의 삶을 사는 행위다. 자기만의 사고와 태도, 시각은 과정에서만 얻을 수 있다.

그렇다면, 나는 열 몇 권의 《토지》에서 무엇을 배웠나? 없다. 《파시(波市)》, 《김약국의 딸들》을 훨씬 좋아한다. 일단 대하소설은 서사, 아니, 거대 담론이지 소설(小說, 작은 이야기)이 아니다. 《토지》에서 얻은 것. 몇 권째인지도 모르고 정확하지도 않지만, 독립군들이 지리산 깊은 산사에 묻어 둔, 소금에만 절인 오래 묵은 무청 김치와 더덕주의 향기에 대한 상상이다. 이 정도면 투자 대비, 상당한 성과다.

사랑은 말하고 싶음, 말할 수 있음이다

법구경 _ 법구

내가 어떻게 《법구경(法句經)》을 온전히 전할 수 있겠는가. 옮긴이의 말을 빌리자. "간단한 말 속에 불교의 요긴한 뜻을 두루 갖추고 있으며, 그 가르침이 아주 실제적이어서 우리 생활과 밀접한 관계가 있고, 종교의 궁극은 윤리와 도덕이 아니지만 불교의 도의를 찾을 수 있고, 성립된 연대가 가장 오래이므로 원시불교의 면목을 가장 많이 지니고 있다."

서기 1세기 전, 먼 곳에서 만들어진 책 내용이 오늘날 일상과 다르지 않다는 점이 놀랍다. 이 글의 출전은 현암사에서 나온 1965년 초판, 1981년 26쇄. 《법구경》의 작자는 '서가모니'지만(출간 당시 한글 표기), 인도의 승려 '법구'(法救)가 엮었고 한문으로 번역한 이는 오나라 때 사람 '유기난'(維祇難)이다.

현암사 판은 한문–한글 번역–번역자 김달진의 소감으로 구성되어 있는데 다른 《법구경》과 달리 흥미로운 점이 있다. 불교

문학을 전공한 김달진의 해석이다. 당대의 언어, 우리말이어서일까. 나는 원문보다 좋았다. 그의 표현으로는 소감, 촌평, 산해(散解), 풍(諷), 송(頌). 쏟아지는 말씀들을 급하게 주워 두서없이 적어본다.

"원수를 사랑하라? 그러나 우리에게는 사랑해야 할 원수도 없다. (공부에 관한 글에서) 어둑거리는 인생의 변두리를 하염없이 거니는 그 여윈 마음의 조바심. 사람의 속이 보이지 않는 것은 얼마나 다행인가, 거리의 사람들의 의젓한 걸음걸이는 눈물겨운 희극이다. 연애에도 천재가 필요한가? 연애를 양심적으로 할 수 있는 사람, 양심을 가지고 연애를 하는 사람은 가장 행복한 사람이다. (내 소견을 더하면, 가장 성숙한 사람이다.) 지옥을 통과해야 천국에 이른다. 우리는 모든 것을 전유(專有)하려는 욕구를 가졌지만 동시에 행복까지도 남에게 나눠주고 싶어 하는 욕구를 가졌다. 여자를 여자로, 꿈으로 창조하는 것은 남성의 정욕이다. 견성(見性)이란 '낡은 진리를 독창적으로 달득(達得)함'이 아닐까……."(총 450쪽) 어느 문장도 허술하지 않다.

모든 사람의 존경을 받을 자격이 있는 사람을 뜻하는 아라한(阿羅漢) 편에 이런 구절이 있다. "촌락에 있어서나, 숲속에 있어서나, 평야에 있어서나, 고원(高原)에 있어서나, 저 '아라한'이 지나가는 곳, 누가 그 은혜를 받지 않으리(在聚在野, 平野高岸, 應眞所過, 莫不蒙祐)" 이어지는 김달진의 단상, "내 몸을 완전히 기댈 만한 든든한 벽을 가지고 싶다. 참마음으로 나를 안아주는 크고 안전한 가슴을 가지고 싶다. 나를 속이는 내 마음의 괴로움을 숨김 없이 말할 수 있는 사랑을 가지고 싶다."(원문 그대로, 100쪽)

사랑의 뜻은 광활하지 않다. 사랑은 말하고 싶음, 말할 수 있음이다. 고통을 말할 수 없는 고통이 있다. 말할 수 있음과 없음의 기준은 사회적으로 결정된다. '적'을 위해, 나를 위해 감출 수밖에 없는, 그래서 가해자를 보호하게 되는 그런 종류의 괴로움이 있다. 이런 고통은 낫지 않는다. 최근 내 주변에 이런 사건이 여럿 있었다. 당사자도 아닌데 내가 더 망가졌다. 외양은 시국 사건이지만 내 생각엔 원인도 사랑이요, 해결책도 사랑이다. 지혈되지 않고 응급하면서도 오래갈 상처에는 아라한의 사랑보다 당장의 사랑이 필요하다. 하긴, '아라한의 은혜'도 아무에게나 비추겠는가.

나의 바닥을 드러낼 수 있는 상대. 아무리 세게 부딪쳐도 흔들리지 않고 그 자리에 있는 벽, 나도 믿기 어려운 경험을 당연한 듯 믿어주는 사람, 내 안의 고통을 비워줄 수 있는 사람. (내가 이런 표현을 쓸 줄 몰랐지만) '진정하고 무조건적인 사랑'이 필요한 시간이 있다. 이 사랑은 말을 들어주는 것이 첫째다. 상대방의 경험에 대한 수용력, 호기심을 품지 않는 예의, 취약한 상대방을 조종하거나 동정하지 않는 사랑. 깊고 신중한 배려 속에 나를 넣어주는 사랑이다.

이런 사랑을 받으면 나도 좋은 글을 쓸 수 있을 텐데. 갈증과 망상 속을 헤매다가 옛 동아시아 현자가 생각났다. 북한의 김일성 주석이다. 사람들이 몰려들어 "제발 민족의 지도자가 되어주십시오." 간청했다. 그가 말하길 "스스로 지도자가 되십시오." 맞다. 사랑을 구하는 것보다 행하는 길이 빠르다.

인간은 변하지 않아

타인의 삶 _ 플로리안 헨켈 폰 도널스마르크

사람들이 가장 많이 하는 말은 무엇일까. "저 인간은 죽어도 안 변해!" "아냐, 인간은 누구나 변해." 이런 대화도 후보군 중 하나일 것이다. 사람은 변하기도 하고 안 변하기도 한다. 변화도 바람직한 방향, 그렇지 않은 방향이 있다. 대체로 '인간은 안 변한다'는 확신이 더 많은 것 같다.

영화 〈킹스맨〉에는 이런 대사가 나온다. "인간이 우수하다고 해서 고귀한 것은 아니다. 남들과 다른 것은 중요하지 않다. 과거의 자신과 다른 사람이 되어야 한다." 자기 변화. 더 나은 사람이 되고 싶은 마음. 사람이 꽃보다 예쁠 때는 이때뿐이다. 이것이 흔히 말하는 삶의 의미고, 고통의 반대가 행복이 아니라 권태인 이유다.

여전히 소명으로서 직업이 있다고 믿는다. 예술가, 지식인, 정치가의 업무는 자기 변화다. 이들의 현실과 선택에 관한 독일 영화 〈타인의 삶〉(2006년). 이 책은 영화의 대본이다. 나 스스로 부끄러울 때, 더러움에 둘러싸여 있다는 생각이 들 때 이 작품의 주인공 비즐러를 생각한다. 나도 그처럼 헤드폰을 끼고 내게 타인의 삶이 침투하기를 고대한다.

주인공은 옛 동독 국가보안국(슈타지)의 충성스러운 간부다. 정치적 신념 못지않게 비판 의식과 호기심이 많고 공부를 좋아하는 인물이다. 그러던 그가 반체제 인사로 지목된 예술가 부부를 감시하는 업무(도청)를 맡으면서 이제까지 헌신했던 체제와 자기 삶에 대해 총체적인 회의에 빠진다. 그는 감시 대상을 동경한다. 사랑이나 욕망이 아니다. 나는 이 감정에 관심이 있다. 일생을 공산주의 조국에 바쳐온 그가 아름다운 피아노 선율과 외로움 앞에, 목련 꽃잎처럼 간단하게 떨어진다.

이 작품에 대한 평가 중에 "도청과 국가 권력을 비판한 영화"라는 의견이 있다. "정치보다 예술을 사랑했던 주인공", "인간의 용기로 공산주의 체제 극복"도 있지만 도청론보다 황당하지는 않다. 솔직히 나는 이렇게 읽는 사람의 뇌 구조가 염려스럽다. 진공이 아닐까. 이건 '다르게 읽기'가 아니다. 도청과 동독의 상황은 배경이지 주제가 아니다. 물론 도청은 도청이다. 하지만 주인공에게는 생애 처음 접한 허락받지 못한 관람이었다. "나는 당신의 관객입니다."(112쪽)

부러움은 욕망하지만 상대방처럼 될 수 없다는 것을 아는 괴로운 감정이다. "부러우면 지는 거다.", 성공을 위해 누가 더 더러워질 수 있는가를 경쟁하는 시대, 남과 비교하고 비교당하는 폐허 속에서 그는 자신만의 삶을 추구한다. 선망(envy)에 담긴 시기나 열등감은 없다. 타인의 삶이 있고 자기 삶이 있으나 '나는 과거의 내가 아니고 싶다'를 실천할 뿐이다.

사랑을 위해 희생하는 것은 '쉽다'. 그것은 동일시이기 때문이다. 하지만 예전엔 적대했으나 지금은 선망하게 된 타인, 나는 다가갈 수 없는 다른 세계에 사는 타인을 위해 희생하는 일은 경험하기 힘든 인간성이다. 사상, 사랑, 권력이 아니다. 사람은 사람만이 변화시킬 수 있다. 이 작품은 타인의 삶이 나의 삶에 어디까지 개입할 수 있으며, 나는 변화에 얼마만큼의 대가를 지불할 수 있는 인간인가를 질문한다.

변화를 외칠 때 우리는 무엇을 각오하는가. 감옥행이나 죽음 '보다' 지금 가진 것을 모두 내려놓는 무방비(open) 상태가 더 두려운 현실이 아닐까. 생각과 더불어 지위와 일상도 송두리째 달라진 삶. 아이헤슈타지대학 교수에서 우편물 배달원으로 강등된 비즐러는 여전히 성실하다. 그의 외롭지만 충만한 표정. 슬픈 걸음새. 주어진 현실에 몰두하는 몸. 나는 절대로 그처럼 할 수 없다는 걸 알기에 선망할 수조차 없다. 그리울 뿐.

이 작품의 인물들은 어느 체제에나 있다. 어디서나 살아남고 자신의 사소한 편리 때문에 타인의 생명을 빼앗는 '사회주의 통일당 중앙위원회 위원'인 장관 헴프는 극작가에게 말한다. "인간이 변할 수 있다는 믿음이 담긴 당신 작품을 사랑하오. 작품에는 얼마든지 그런 걸 써도 상관없소만, 인간은 변하지 않소."
(37쪽)

인간은 변하지 않는다? 자기가 변하지 않을 뿐이다. 아니, 이런 인간일수록 쉽게 변한다. 문제는 무엇을 위해 변하는가이다. 권력인가 아름다움인가. 지혜로운 사람들은 후자를 추구한다. 권력은 타인의 시선이고 아름다움은 자기 충족적이기 때문이다.

당신의 상처받은 영혼을 내 목숨을 다해 위로하고 싶었습니다

우리들의 행복한 시간 _ 공지영

친구가 꽃을 보내주었다. 택배 상자를 여니, 황홀한 카드와 제철 꽃다발이 물 스펀지 속에서도 싱싱했다. 의전용을 제외하면 평생 처음 받아본다. 고맙고 놀랍고 비참하기까지 했다. "연애하면 이런 거 받는 거야?" 전화했더니, "나도 못 받아봤어, 받는 거 포기하는 대신 남한테 보내자 싶어서 주소 아는 너한테 보낸 거야." 남자에게 받는 꽃다발. 이성애의 문화적 각본을 비판하지만, 그 각본도 자주 일어나지는 않는가 보다. 아, 나와 내 친구만 그런가?

꽃다발에서 비약해보자. 누군가의 도움이 절실할 때가 있다. 타인의 이해와 수용의 한마디만 있다면 죽지 않고 삶을 잡을 수 있을 것 같다. 그런데 없다. 자살이 발생할 수 있는 순간이다. 사랑은 '오는 것'이기에 공평하지 않다. 애걸이든 강요든 노력이든, 구할 수 있다면 얼마나 좋을까. 이때, 어떤 사람이 나보다 더 절절한 심정으로 눈물이 뒤범벅된 채 "내 목숨을 다해 당신의 상처를 위로하고 싶다."고 말한다면, 나 역시 아무에게라도 목숨을 바칠 것이다.

우리 시대의 도반(道伴), 공지영. 나는 《더 이상 아름다운 방황은 없다》(1989년)부터 그의 독자다. 《우리들의 행복한 시간》을 모르는 이는 드물 것이다. 이 작품은 서사와 구조가 다 좋지만 읽기 쉽지는 않다. 10년 전, 나는 엉엉 울면서 읽었다. 사형제도에 대한 문제 제기라는 의미도 있지만, 내게는 가난하고 사랑받지 못한 한 인간이 우주에 잠깐 머물다 간 이야기다. 윤수 같은 이들이 얼마나 많은가. 나는 중산층 빼고는 상황이 비슷한 여자 주인공 유정보다, 강간 살인 용의자 윤수와 동일시하며 읽었다.

내가 이 작품에서 느끼고 배운 장면들. 범죄와 계급, 굶주림, 어린이가 당하는 폭력, 성폭력을 당하면서 형을 찾는 소년의 비명, 너무나 이해받고 싶지만 포기와 갈망의 반복, 내 마음을 다른 사람이 먼저 열어주었으면 하는 심정, "내가 이런 사람인데도 얘기하고 싶냐."는 반항, 완전히 다른 세상을 사는 이들이 상처 하나로 서로를 수용하는 기적, 살인과 자살 충동 그 사이에서 자포자기의 시간을 견디는 것, 내가 죽는 날짜를 정확히 아는 삶…….

사형 집행 전, 윤수는 편지를 남긴다. "혹여 허락하신다면, 말하고 싶다고……. 당신의 상처받은 영혼을 내 목숨을 다해 위로하고 싶었다고 말입니다. 그리고 신께서 허락하신다면 살아서 마지막으로 내가 이 세상에 태어나 내 입으로는 한번도 해보지 못했던 그 말, 을 꼭 하고 싶었다고……. 사랑한다고 말입니다."(290쪽) 이 사람은 말하는데 왜 이토록 많은 허락을 받아야 하는가.

여러 가지 눈물이 있다. 물기, 흐름, 통곡……. 만일 타인의 도움이 필요할 때 이 구절이 생각나고 서러움의 눈물이 쏟아지는데도 포기하지 않는다면, 당신은 강한 사람이다. 당신은 이렇게 말한다. 간절히 받고 싶지만 포기했고 대신 마음놓고 줄 수라도 있다면 행복합니다. 그래도 될까요? 저 같은 사람이 당신을 사랑해도 될까요?

그런데 요즘 사람들은 이런 꽃다발조차 팽개치는 것 같다. "내 목숨을 다해 타인의 영혼을 위로하는 것", 희생처럼 보이는 이 행위는 어려운 일이 아니다. 문제는 그럴 만한 사람을 찾아 헤매야 하는 현실이다. 비록 나 자신을 위한 사랑일지라도, 나의 선의를 당연한 권력으로 받아들이는 이들이 많다. 사랑은 기본적으로 자기 만족 행위여서 주는 것이 '쉽다'. 반면, 남의 마음을 제대로 받을 줄 아는 사람은 매우 드물다. 조금 사랑받는다 싶으면 부담스러워하면서도 챙길 것은 챙기고, 모욕을 주고, 자기 도취로 오만하다. 사랑과 위로는 약자가 하는 일? 이것은 시대 정신인가.

"우리는 인생의 어느 시기부터 쫓겨서이든 자발적이든, 죽음의 열차를 타고 싶어 한다."(201쪽) 그래서 사형수나 자살자나 같은 처지일 수 있다. 죽음은 두렵지 않다. 살아야 하는 시간이 죽을 맛이다. 내 생각에, 이 시간을 견디는 최선의 방법은 타인의 상처를 돌봄으로써 나를 위로하는 '대신 꽃다발' 마음가짐이다.

나는 '우행시'라는 줄임말이 싫다. 행복한 시간, 이 단어가 꼭 들어가야 한다. 그 시간이 얼마나 짧은데.

먼지가 되어

먼지 _ 조지프 어메이토

언어는 먹을거리만큼이나 원산지를 아는 것이 중요하다. 외국어로는 무릎을 칠 만한 표현이 우리말로 옮기면 어색해지는 단어가 종종 있다. 당대 현장에서의 지식 생산이 절실한 이유다. '말하다'의 영어 표현 중 '주소(address)'는 그래서 의미심장하다. 모든 언어에는 주소가 있다.

며칠 전 "그 일(여성에 대한 폭력)은 결코 사소하지 않습니다."라는 취지의 여성 운동 행사에 갔다. '먼지 차별(micro aggressive) 반대'라는 표어가 흥미로웠다. 미세하지만 깊숙이 스며들어 대응하기 어렵고, 흩어져 있어도 불쾌하고 쌓이면 더 위협적인 미시적 공격. 한국은 어느 세월에 '문명국'이 될까. 한국 여성에게 먼지는 이미 뭉쳐 있는 펀치다. 큰 정치와 사소한 정치의 위계에 저항하는 여성주의를 잘 드러내는 말이다. 하지만 처음에는 언뜻 이해가 가지 않았다. 인간은 부유하는 우주의 먼지이고 나는 평소 먼지(dust)와 동일시해 왔기 때문이다.

인문, 사회, 자연과학을 넘나드는 지성이란 이런 책이 아닐까. 조지프 어메이토의 《먼지-작은 것 그리고 보이지 않는 것의 역사》는 숨어 있는 좋은 책이다. 이 책은 인간이 먼지와 먼지의 은유를 통해 자신을 설명해 온 방식을 분석한다. 먼지관(觀)의 변화는 곧 인식, 과학 기술, 생활 방식, 우주관 등 인류사 자체다.

먼지의 의미는 각각 방향이 다르다. 책의 대부분은 우리가 싫어하는 먼지를 다룬다. 오물, 보이지 않는 위협, 비천함, 감염, 더러움……. 하지만 20세기는 존재의 계층 구조를 역전했다. 고대 이래의 전제, 즉 존재와 형식은 높은 곳에서 아래로 퍼진다였지만 이제는 소우주가 대우주를 설명하는 근거가 되었다.(238쪽)

인간의 최초 인식 도구는 자기 몸이었기에 먼지는 몸의 사이즈에 가로막혀 그동안 상상력 밖에 있었다. 과학 기술의 발달로 보이지 않던 것이 보이기 시작하자, 보이지 않는 것이 새로운 경험과 사고의 기준이 된 것이다. 보이지 않았던 것을 통해 자기 중심성에서 벗어나는 것, 모든 사유의 시작이다.

인간 중심주의에는 휴머니즘, 자연 파괴라는 양면이 있다. 추구하는 바가 생명 존중인가 돈인가에 따라 휴머니즘의 이름으로 망가지는 것도 달라진다. 나는 인간이 만물의 영장(靈長)이라는 사고가 현재 디스토피아의 가장 큰 원인이라고 생각한다. '만물의 영장'끼리도 매우 사이가 좋지 않다. 백인, 남자, 부자만 영장이다.

인간은 대단하지 않다. 모든 것들 중 하나일 뿐이다. 지구, 자연, 다른 생물들의 관점에서 인간은 어떤 존재일까. 벼룩의 비늘 사이에 끼어 있는 진드기(117쪽), 트리파노소마 감비엔세(아프리카 수면병을 일으키는 기생성 원생동물, 164쪽), 들판의 풀잎들……. 이 무수한 '미물'들은 우리를 어떻게 생각할까. 인간에게 관심이나 있을까. 아니, 복수가 시작된 지 오래다.

슬픔과 분노로 잠이 안 올 때 나만의 작은 요령이 있다. "나는 먼지다. 나는 아무것도 아니다(nothing)."를 계속 중얼거린다. 그러면 어느새 괴로움에서 조금 멀어진다. 하찮다는 의미가 아니다. 무의미, 우연, 찰나. 이 세 가지 조건에 의해 세상에 던져진 아무것도 아닌 존재. 미'물'(微物)도 아니다. 어디에도 닿지 않는 순간의 빛. 작고 보잘것없어서가 아니라 잠깐 지나가는 것이기에 보이지 않는 존재다.

다짐해도 다짐해도 금세 잊혀지는 내 좌우명. "지구에 머무는 동안 타인과 자연에 민폐 끼치지 말고 조용히 사라지자." 그러므로 괴로움에 몸부림칠 일도 없다. 조금만 견디면 된다. 괴로운 시간은 대개 "인생은 대단하다. 고로 뭔가 해야 한다."는 강박에 시달릴 때다.

행복한 조우. 지금 라디오에서 김광석의 '먼지가 되어'가 나온다. 대개 노래 가사는 그대에게 가기 위해 "새가 되어"가 많다. 새와 먼지. 몸집 차이가 크다. 그에게 새는 부담스러웠을 것이다. 김광석은 먼지가 되었다. 수줍은 욕심이지만 흡착되고 싶었을지도 모른다. "작은 가슴 모두 모두어 시를 써봐도 모자란 당신 / 먼지가 되어 날아가야지 / 바람에 날려 당신 곁으로……." 정착하는 먼지와 바람에 날리는 먼지. 세상에서 가장 큰 존재 방식의 차이다. 먼지는 흡착되면 끝이다. 그러니, 그저 곁으로.

자신에게 가장 소중한 것을 선물하는 것은 어리석은 일이다

크리스마스 선물 _ 오 헨리

오 헨리의 〈크리스마스 선물〉. 다시 펼치니 머리가 아플 정도로 다른 이야기다. 이렇게 짧은 분량에 이토록 생각할 거리가 많으니 새삼 문학과 철학의 경계가 따로 없구나 싶다. 대단한 장편(掌篇)이다. 스물두 살의 가난한 부부 짐과 델라. 사랑하는 이들은 자신의 가장 '소중한' 것을 팔아 상대에게 가장 '필요한' 성탄절 선물을 한다. 델라는 머리카락을 팔고, 짐은 시계를 팔지만 그들이 받은 선물은 이제는 소용없는 머리빗 세트와 시곗줄이다.

나는 두 가지가 걸렸다. 하나는 가난한 남성은 물건을 팔지만, 가난한 여성은 몸의 일부(머리카락)를 파는(팔 수 있는) 현실. 이것이 성매매가 성별 중립적이지 않은 이유다. 선물을 사기 위해 매혈하는 남성은 드물다. 게다가 델라의 머리카락 묘사는 남성들의 판타지가 투사된 듯 사뭇 관능적이다. "지금 델라의 아름다운 머리채는 갈색의 폭포처럼 잔잔하게 흔들리며 몸 주위에 드리워져 있었다. 무릎 아래까지 흘러내려 마치 긴 웃옷같이 되었다."(335쪽)

두 번째는 선물하기의 고민, 즉 상대방의 입장에서 생각하는 훈련인 보살핌의 윤리다. 작가는 마지막에 상반된 문장을 남긴다. "동방박사들은 현명한 사람들이었다. …… 말 구유의 갓난아기를 위한 선물은 다른 것으로 교환할 수 있는 것이었다. 그러므로 자신의 가장 소중한 보물을 선물하는 것은 어리석은 일이다.", "그러나 짐과 델라는 현명한 사람들이었다."(340쪽) 가난한 사람은 호환성까지 고려할 다른 물건이 없다. 작가를 포함해 대개 이 작품의 주제를 가장 소중한 것을 선물하는 것이 진정한 사랑!이라고 생각한 듯하다.

누구나 경험하듯이 선물 고르기는 상당한 감정 노동이다. 필요할까, 좋아할까, 다른 사람에게 줘버리면 어떡하지, 집에서 뒹굴면……. 선물 고르기가 어렵기 때문에 받는 사람도 물건보다 "마음이 고마운 거지."라고 인사한다. 상대방이 기뻐하는 선물을 하려면 생활 습관, 기호, 주로 사용하는 물건, 나와의 관계 등 여러 가지를 고려해야 한다. 선물의 핵심은 내가 좋은 것이 아니라 상대방이 좋은 것을 생각해'내는' 것이다. 이것이 바로 보살핌, 돌봄의 윤리(care ethics)다.

선물을 주고받는 문화가 부담스러울 때가 있다. 선물은 내가 가장 아끼는 것을 주는 것이 아니다. 오히려 그 반대가 바람직하다. 사용하지 않는 물건이나 맞지 않는 옷처럼 지금 내게 적합하지 않은 물건을 줄 수 있어야 한다. 이른바 '재활용, 녹색 선물'. 상대가 필요하면 되지 꼭 새것일 이유는 없다.

자기 중심적, 자기 만족적, 이기적인 사람이 있다. 이기적인 사람이 그나마 낫고 제일 골치 아픈 유형은 자기 중심적인 사람이다. 이들은 타인에게 관심이 없고 주제 파악이 안 되기 때문에 "고맙다.", "미안하다."는 말을 할 줄 모른다. 자기 중심적인 사람에도 두 유형이 있는데, 타인에게 무조건 잘해주는 유형과 맘대로 함부로 하는 경우다. 둘 다 상대를 무시하는 행동이다.

돌봄 윤리의 핵심은 무조건 잘해주는 것이 아니라 상대가 원하는 것과 내가 원하는 것을 협상하고 타인의 입장에 서서 생각하는, 몸의 혼신(混身)이다. 그러므로 자신에게 가장 소중한 것을 선물해서는 안 된다. 보상의 욕망과 그것이 좌절되었을 때 분노를 어찌하려고?

선물에 대한 착각 중 하나가 '서프라이즈'다. 짐과 델라는 서로 의논하지 않았기에 선물을 무용하게 만들었다. 선물하기의 핵심은 배려다. 타인의 상황을 고려하고 상상하는 일은 고차원의 윤리다. 헤아리기 어렵다면 물어보면 된다. 우리 문화는 타인의 욕구를 물어보는 것을 실례라고 생각하는 경향이 있다. 말 안 해도, 알아서 독심술로 맞춰야 하니 선물하기가 어렵다. 상품권과 현찰은 노동이 필요 없는 데다 완벽한 교환 가치까지 갖추고 있으니 최고의 선물일까. 하지만 최소한 연인 사이라면 성탄절에 현찰을 선물로 받고 싶지는 않을 것 같다. 아닌가?

고전이란 인간의 보편적 상황을 다루는 거죠

캐롤 _ 퍼트리샤 하이스미스

여기, 고전에 대한 명쾌한 답이 있다. 영화 〈캐롤〉의 원작에 나오는 대화다. "이런 대사가 바로 고전이지. 백 명이 똑같은 대사를 읊는 게 고전이야. 하나의 연극이 고전으로 등극하기 위한 조건이 뭘까.", "고전……이요? 인간의 보편적 상황을 다루는 거죠."(251쪽).

인간의 보편적 상황이란 무엇일까. 나는 단 하나라고 생각한다. 사랑. 사랑 자체가 대단해서가 아니고 상대방이 대단해서는 더욱 아니다. 사랑의 상태만이 의식주처럼 사람을 살게 하기 때문이다. 그러나 사회적으로 승인되는 사랑의 범위는 대단히 좁다. 행복한 중산층 기혼 이성애자가 얼마나 되겠는가(여기서 또 남녀로 나뉜다). 그들의 행위만 규범으로 간주된다. 그러니 계급, 성별(동성애), 인종, 나이 같은 궤도 밖의 조건으로 인해 힘든 사랑이 얼마나 많겠는가.

대부분의 사랑은 사회적 각본과 맞지 않는 우연한 사건이다. 1984년에 나온 미국 영화 〈폴링 인 러브〉는 통근 기차를 타면서 만난 기혼 남녀의 이야기다. 더구나 젊은 날의 로버트 드니로와 메릴 스트립이 나온다! 남자가 밤에 전화를 건다. 남편이 받는다. 20대 초반에 봤는데 '사랑에 빠지면 남의 집에 전화를 걸 수도 있구나'. 당시 나는 놀랐다. 아, 이런 답답이. 보고 싶어 죽을 지경인데 무엇을 못하겠는가.

가장 중요한 사랑의 조건은 너를 알고 싶다 혹은 그것을 알고 싶다는, 대상에 대한 앎의 의지이다. (사랑의 상대가 사람이 아닌 경우도 있다.) 알고 싶은 마음. 권태는 더는 알고 싶은 것이 없는 상태고, '밀당'은 '안 알려주겠다'는 시간 낭비고, 사랑의 끝은 질문이 없어진 상태다. 영원한 사랑은 성실한 인생들, 끊임없이 갱신하는 인간의 대화가 지속되는 '천국'이다. 그래서 "당신에게 묻고 싶은 것이 있어요. 물어봐도 될까요?", "제발 그래줘요."…… 이런 대화는 어지러울 만큼 관능적이다.

소설 《캐롤》은 《리플리》의 작가로 유명한, 범죄 스릴러의 대가 퍼트리샤 하이스미스(1921~1995년)의 자전적 소설이다. 그의 천재적, 인간적, 정치적 비범함을 여기 다 적을 수 없다. 나는 하이스미스를 알게 되면서 가장 좋아하는 영어권 작가가 바뀌었다. 게다가 문학 작품 번역자는 로컬의 소설가여야 하는데, 이 책이 딱 그렇다. 빼어난 번역(김미정) 덕분에 나는 전속력으로 읽었지만 모든 장면이 쏙쏙 들어왔다. 영화를 본 사람은 캐롤 역의 케이트 블란쳇이 '세다'고 느꼈을지도 모른다. 소설에서는 더 세다.

원래 제목은 《소금 값(The Price of Salt)》이었고 1952년 발표 당시에는 익명으로 출간되었다. 작가는 1960년대에 커밍아웃을 했고 책은 1990년에 《캐롤》로 재출간되었다. 《소금 값》은 삶의 대가를 의미한다. 대가에는 이중의 의미가 있다. 작품 속에서 낙담한 테레즈는 "어찌 해야 이 세상을 되살릴 수 있을까? 어떻게 해야 이 세상의 소금을 되찾을 수 있을까?"(412쪽)라고 말한다. 하이스미스는 나중에 본명을 밝히고 작품의 제목을 캐롤 같은 주인공 이름으로 평범하게 바꾼다. 사랑의 대가는 모든 이들이 감당해야 할 몫이지 레즈비언만이 치러서는 안 된다는 의미인 듯하다. 이 작품은 해피엔딩의 로맨스 소설이다. 여성들 사이의 사랑을 다루었을 뿐인데 의도치 않게 이성애 남성의 사랑 방식이 드러난다. 그들은 '소금 값'을 내기는커녕 세리(稅吏)처럼 행동한다.

캐롤의 상황은 보편적이지만 매력적이다. 작품 행간에 심리적, 문화적, 정치적 배경이 빼곡하기 때문이다. 고전은 보편적 상황 자체가 아니라 그것을 '쓴' 것이다. 캐롤이 부러운 이들이 많을 것 같다. 그는 다 가진 듯하다. 세상에 다시없을 친구, 연인, 그리고 자신의 길. 한 가지 불만이 있다. 연인의 뒤를 캐는 탐정이라는 작자에게 캐롤은 총을 겨누지 않는다.(286쪽) 나 같으면 그 자식의 몸에 구멍을 냈을 텐데.

내가 소설에 한자를 쓰는 까닭

나의 문학수업 시절 _ 이호철 엮음

"내가 소설에 한자를 쓰는 것은, 소설은 같은 시간 예술인 음악의 경우와 마찬가지로 그 감상의 일회성 때문이고, 한글 전용을 하게 되면 어려운 낱말을 피하게 되며, 생소하고 어려운 내용을 경원(敬遠)하게 되기 때문이고, 우리 소설이 옆으로만 퍼지고 위로 뻗지 못하는 첫째 원인이 한글 전용에 있었다고 믿기 때문이다."(83쪽) '원로 · 중견 문인 50인의 육성으로 말하는 자기 고백'(부제)을 모은 《나의 문학수업 시절》을 재미나게 읽다가 장용학의 위 구절을 발견하고 당황했다.

유홍준은 최근 다음과 같이 썼다. "초등학교 교과서에 한자를 병기하는 문제를 놓고 또 찬반이 일어나는 모양이다. 나는 한글 전용론자이다. 글쟁이로 살면서 우리말을 아름답게 가꾸려고 항시 고민하며 글을 쓰고 있다. 그러나 한글 전용과 한자 교육은 별개 사항이다. 한글 전용을 할수록 한자 교육은 더욱 강화되어야 한다는 것이 내 경험이고 내 생각이다. 한자를 알면 우리가 쓰고 있는 단어의 의미와 유래를 명확히 알 수 있다." (《한겨레》 4월 29일자) 5월 3일자 김영환 한글철학연구소장의 반론, "'한글 전용'엔 역사적 이해가 필요하다"도 중요한 지적이었다.

두 가지 의견에 모두 동의한다. 나도 우리말을 사랑한다. 한국 사람이어서가 아니라 한글이 모국어이기 때문이다. 꿈에서라도 좋은 글을 쓰고 싶은 나는 그것이 모국어로만 가능하다는 사실을 안다. 어느 문자든 근본적으로 우월하거나 우선적이라고 생각하지 않는다는 얘기다.

예전에 국어 교사 모임에서 한자 교육, 한자 병기의 필요성에 대해 이야기했다가 엄청난 비판을 받았다. 그들의 주장은 학원 사업은 번창하고 학생들의 학습 부담만 커진다는 것이다. 맞는 말이다. 나는 한문 교육에 동의하지만 '초등학교' 때부터는 반대다. 초등학교 때는 정치, 건강, 환경 교육이면 충분하다. 한자 교육의 필요성과 제도화는 다르다. 모든 국민이 영어 회화를 할 필요가 없듯이 한자 공부도 마찬가지다.

한국 사회의 노벨상 타령이 민망하지만, 수상한다 해도 문학이 아니라 이공계에서 나올 확률이 높다고 생각한다. 일단 이 땅에는 '분단 조국'과 국가보안법이라는 반(反)언어가 엄연하다. 문학은 언어와 문화의 다양성에서 나온다. 서구인의 시각에서는 생소하기 짝이 없을 일본어의 노벨상 수상은 그래서 가능했는지도 모른다. 일본어는 히라가나, 가타카나, 한자, 장음(長音), 경어까지 다섯 개 요소가 변화무쌍한 조합을 구사한다.

한글 전용은 찬반을 논할 의제가 아니라 불가능한 일이다. 문제는 한글 전용 자체라기보다 그것이 가능하다는 발상이다. 이미 유비쿼터스, 알고리즘, 젠더 같은 용어를 공식 문서에서 사용할 뿐 아니라 men崩, 心쿵, 無pl(y) 등 한자, 영어, 의성어, 감탄사가 혼재된 단어가 신문에 등장한다. 중화와 일제에 말을 빼앗긴 시대와, 거의 모든 젊은이가 외국어 공부에 인생을 건 지금은 다르다.

나는 한글 전용이 상징하는 '방어 심리'의 정체가 궁금하다. 하이브리드(hybrid)는 자동차 이름 이전에, 탈식민주의 이론가 호미 바바가 명명한 지구화 시대 문화의 성격을 정의한 단어로 잡종성, 혼종성을 뜻한다. 탈식민주의는 글자 그대로 식민주의에서 벗어나자는 의미다. 동시에 하이브리드 개념의 핵심은 모든 문화는 식민 지배 이전의 '원래' 상태로 돌아갈 수 없다는 것이다. 역사의 본질은 유동(流動), 그 흐름과 포말이 가장 격렬한 영역의 말이다.

혼용은 언어의 성질이다. 영어에는 전 세계 언어가 녹아 있다. 장용학의 표현은 지나친 감이 있지만 한자는 한글 구사력에 큰 영향을 끼친다. 한자를 우리말에 수용(水溶)하는 적극적인 자세가 필요하지 않을까.

또한 나는 '우리말'의 '우리'가 누구인지를 묻고 싶다. 우리는 하나가 아니다. 말도 마찬가지다. 아름다운 국어는 전용 정책이 아니라 다양한 서벌턴(sub-altern, '民')들의 목소리가 가시화될 때 가능하다.

밤낮 쉬지 않고 먹을 것을 모으면?

거꾸로 읽는 개미와 베짱이
_프랑수아즈 사강·JB 드루오

겨울 내내 개미는 먹을 것을 차곡차곡 모았어요. 여름이 되자 먹을 것이 차고 넘쳤어요. 이 많은 파리와 작은 벌레를 어떡하죠? 개미는 이웃에 사는 베짱이를 찾아갔어요. 개미는 봄까지 먹을 음식을 사 두라고 베짱이를 부추겼어요. "베짱이님을 믿고 먹을 것을 빌려드릴게요. 빌린 음식은 이자를 쳐서 가을 즈음에 주시면 돼요. 곤충의 이름을 걸고 꼭 갚아주세요."

하지만 베짱이는 많이 먹는 것을 좋아하지 않아요. 이것이 베짱이의 자그마한 단점이지요. "겨울 내내 뭘 하신 거죠?" 베짱이는 개미에게 물었어요. "전 밤낮으로 쉬지 않고 먹을 것을 모았어요." "먹을 것을 모았다고요? 대단하네요. 그럼 이제 싸게 팔면 되겠군요."

위 글은 프랑수아즈 사강이 쓴 《거꾸로 읽는 개미와 베짱이》의 전편이다. 아주 짧다. 왼쪽 면 그림, 오른쪽 면 한 문장으로 구성된 그림동화다. 요즘은 새롭고 다양한 동화도 많고 권정생 같은 작가도 있지만, 전통적으로 동화나 우화는 순수한 이야기로 포장되어 '아동에게 그 사회의 지배 이데올로기를 학습시키는 도구'였다.

특히 여자 어린이가 주로 읽는 동화는 가부장제의 원형을 주입한다. 어느 사회에나 비슷한 이야기가 있는 이유다. 신데렐라, 재투성이 아가씨, 콩쥐팥쥐……. 내용이 익숙해서 그렇지 조금만 주의 깊게 읽으면 잔혹하고 여성 비하적이다. 왕자의 마음을 얻기 위해, 다리를 자르고 목소리와 목숨까지 바치는 인어공주를 생각해보라. '정치적으로 올바른 작가'들은 동화를 다시 쓰기 시작했다. 《흑설공주》도 있고, 백설공주가 왕자와 결혼했는데 가정 폭력범이어서 이혼하고 독립적으로 살았다든가, '일곱 난쟁이'들이 "왜 장애인은 언제나 비장애인 결혼의 조력자인가?"를 주장하는 시위로 끝나는 책들이 등장하기 시작했다.

개미와 베짱이 우화는 여러 버전이 있다. 이 책의 원작은 17세기 프랑스의 작가 라퐁텐이 썼는데, 원래는 베짱이가 아니고 매미였다고 한다. 알려진 대로 원작은 근면과 저축을 강조한다. 지금은 노동과 저축도 아니고 재테크, 상속, 건물 임대로 돈이 '생기면' 명품과 고급 취미를 즐기는 소비 주체가 되기를 욕망하는 사람이 많지만, 현재 사오십 대만 해도 개미는 인생의 모델이었다. 어른들은 말했다. "공부 안 하고 놀면 저렇게 노숙자, 거지, 돈 꾸러 다니는 사람……." 게으름뱅이는 겨울에 얼어 죽는다는 협박은 무서웠다.

주변에서 나더러 일 중독자라고 한다. 내 생각에도 그런 것 같다. 특히 이번 여름에는 "내가 무슨 부귀영화를 보겠다고 이러고 사나." 하는 회의가 들었다. 개미의 삶이 옳은가? 그렇다고 갑자기 베짱이 캐릭터가 될 수도 없고……. 어떻게 살아야 하나……. 이런 잡념 중에 활자가 지긋지긋해져서 공부하던 도서관 어린이 서고에 내려갔다가 이 책을 발견했다.

작가는 유통, 금융 자본주의를 조롱한다. 그래서 원작과 달리 계절이 바뀐 점이 중요하다. 겨울에 죽어라 일하니 여름에 '파리와 작은 벌레' 같은 먹을거리가 부패해 상품 가치가 떨어졌는데도, 정신을 못 차린 개미는 이자까지 쳐서 팔겠다고 한다. 베짱이는 "그러니까 이제 싸게 팔면 되겠네요!"라고 화를 돋운다. 나는 기분이 좋아졌다.

내가 생각하는 이 책의 주제는 먹을거리를 '단일작목, 대규모, 특정 지역, 집중 경작, 장기간 저장, 유통망 독점'으로 운영하는 경제에 대한 비판이다. 반경 50킬로미터 내의 소규모 지역에서 생산과 소비가 함께 이루어지는 로컬푸드 운동이 절실하다. 대안경제학에서 자립(self-reliance)의 반대는 독점(monopoly)이다. 독점은 내가 먹을 것을 대기업 유통업자가 좌우하는, 인간 안보 위반이다. 해마다 반복되는 농산물 파동은 필연이다. 개미는 경제 주체가 아니라 약탈자다. 자연은 지구에 사는 모든 생명체의 것이다.

혼자인 것과 함께 혼자여야 한다

글렌 굴드, 피아노 솔로 _ 미셸 슈나이더

미셸 슈나이더의 《글렌 굴드, 피아노 솔로》는 독특한 책이다. 예술가의 전기인데 "일상의 과육이 해체되는 이 순간, 푸가의 골격에서 찾아지는 힘" 같은 시로 쓰인 또 하나의 예술이다.

캐나다 출신의 피아니스트 글렌 굴드(1932~1982년)가 가장 좋아한 음악가는 올랜도 기번스였지만, 굴드는 여전히 바흐의 〈골트베르크 변주곡〉과 동의어다. 중간에 그의 흥얼거림이 들리는 연주, 둔하기 짝이 없는 내 귀에도 이 곡은 초반부터 굴드의 것임을 알 수 있다. 그의 피아노는 음 소거 효과가 있다. 세상을 잠재운다. 위로와 평화. 우리가 누울 곳, 한여름 깊은 산속 부드럽고 서늘한 흙 같다.

나이 혹은 '나이 오십'을 고민하는 독자라면 이만한 생애가 없다. 굴드는 피아니스트로서 절정을 맞은 서른두 살에 은퇴하여 은둔 중 오십에 사망했다. 완전한 은둔은 아니고 연주회, 콩

쿠르, 사람을 극도로 싫어했다. 녹음 작업을 통해 완벽을 추구했다. 깜깜한 우주에 오직 두 개의 존재, 굴드와 피아노만 보인다. 가당치 않은 비교지만, 나는 서른두 살에 뭔가를 시작했고 그 뒤로도 방황뿐이었다. 나는 아직도 어떻게 살아야 할지 모르겠는데, 그는 이미 삶을 완성(죽음)했다.

비루함, 모욕, 분노가 일상인 이 지옥에서 은둔을 생각하는 사람에게도 요긴한 책이다. 지금 여기가 사람이 살 곳인가. 인류가 멸망한 지 한참 지났는데도 그 사실을 모를 만큼 우리는 감각을 잃었다. 사는 방법은 세 가지. 하나는 글자 그대로 사는 것이 아니라 '죽지 못해서' 살 수밖에 없는 생잔(生殘), 또 하나는 유사 죽음인 은둔이나 과다 수면, 마지막은 자살 혹은 자살 고민 상태다.

굴드의 은둔은 자기 방식의 적극적인 삶이었다. 그는 내가 가장 부러워하는 호모 사피엔스다. 재능이나 명예, 불후의 음반 따위가 아니다. 짧고 알찬 삶. 부질없고 어리석은 시간이 없었던 듯하다. 그는 "혼자인 것과 함께 혼자여야 한다(alone with the alone)."는 사실을 본능적으로 알았다.(141쪽) 그것이 '성공' 비결이다. 그의 은둔은 사랑하는 음악과 단둘이 하나가 되기 위한 최상의 방법이었고, 당연히 외롭지 않았다.

현대인에게 외로움은 큰 숙제다. "외로움=혼자"가 아니라는 것쯤은 누구나 알지만 사람들은 타인을 찾는다. 대개는 더 외로워진다. 자아는 작아지고 외부에 의존하게 된다. 후회스러운 경우가 많다("괜히 만났다").

외로움은 타인과 나의 관계가 아니라 나와 나의 관계다. 자신이 몰두하는 대상이 몸이 부끄러울 만큼 아름다울 때 인간은 외롭지 않다("미천한 저의 사랑을 받아주세요"). 예술, 공부, 사회운동, 정치, 자연이 그런 대상이 아닐까.

원하는 것이 없는 사람이 권력자다. 자기 충족적 삶은 최고로 힘을 지닌 상태다. 인간은 권력 지향적이기 때문에 권력감이 없으면 외로운데, 자기 몰두형 인간은 권력에 무심하다. 사실, 이 행복은 생각보다 어렵지 않다. 자기가 좋아하는 일을 하면 된다.

음반 표지의 굴드는 거의 엎드려 있다. 음악과 자신 사이에 피아노가 존재하지 않기를 바라며 피아노 속에 자신을 용해하는 모습. 그는 천재가 아니었다. 다만 이런 이들은 극한을 즐긴다. 시간에 도전한 그는 "육상 선수의 목표는 0분 0초에 주어진 거리를 달리는 것"이라고 말했고 그렇게 살았다.(215쪽)

마지막으로 가장 중요한 사실, 절대로 사람에게 헌신해서는 안 된다.

죽음을 이해하는 것으로 예방하다

가만한 당신 · 함께 가만한 당신 _ 최윤필

영화 〈클로저〉(2004년)의 주인공 중 한 명은 신문사 부고 담당 기자(주드 로)다. 소설가를 꿈꾸지만 그럴 가능성은 없어 보인다. 영화를 보면서 "나라면 한가한(?) 업무 특성을 활용해 작가가 될 텐데." 같은 망상을 하며 주드 로를 비웃었던 기억이 난다. 그러다가 《가만한 당신》, 《함께 가만한 당신》을 펼친 순간 정신이 번쩍 들었다.

저자 최윤필은 〈한국일보〉에 근무하는 25년차 기자다. 이 책은 그가 2014년부터 매주 토요일 원고지 30장씩 연재하고 있는 동명의 부고 기사를 묶은 것이다. 선의에서 신선한 발상이 나온다는 것을 증명하는 기획이다. 지구상에 이렇게 다양한 문제, 다양한 질문과 투쟁으로 살다 간 사람들이 많다는 것을 배웠다. '위인'의 개념이 바뀌었다. 두 권에 칠십 명의 삶이 등장하는데 글로 쓴 내셔널지오그래픽 같다.

글쓴이가 궁금한 책이다. 책날개를 펴는 순간, 이제까지 한국 남성 필자 중 이런 자기 소개는 처음 보았다. "이성애자 사내아이로 태어나 …… 요컨대 나는 국적, 지역, 성, 젠더, 학력 차별의 양지에서 살았다." 대개 남성 저자들은 젠더, 인종, 장애 문제에는 관련 의제조차 파악하지 못하는 경우가 많은데, 이 역시 독특하다. 여성들의 이야기가 많다. 나는 왠지 저자의 인생 레퍼런스('참고 문헌')를 알 것 같다.

책 내용은 외신 부고 가운데 저자가 '끌린' 인물을 선정한 뒤 최선을 다해 최대한 자료를 추적해서 구성한 '생애사'다. 한 인간의 삶을 한정된 지면에 전달하기 위한 노동이 역력하다. 이 노력은 인물에 대한 애정과 지금 우리가 누리는 것을 위해 노력했던 이들에 대한 부채의식, 윤리성에서 나온다. 매력적인 제목 《가만한 당신》. 이 글을 쓰기 위한 시간의 절반 정도는 제목의 의미를 파악하느라 골몰했다. 결국, 전화 통화를 극도로 싫어하는 내가 출판사에 전화를 걸었다.

'조용히, 가만히 있다'는 뜻이란다. "드러나지 않아 조용했고 은은했으며 떠난 뒤에도 가만한 당신."(뒤표지) 널리 알려지거나 요란스럽지 않았지만 세상의 치명적인 틈새를 몸으로 메운, 인류가 크게 빚진 사람들이다. 가만한 사람들이었지만 결코 가만히 있지 않았던 이들이다. 이들을 "은은한 당신"이라고 표현하다니. 저자의 독특하고 단단한 정신이 부럽다. 글쓰기는 무엇이어야 하는가를 다시금 생각하게 한다.

국제정치학을 거대 의제를 다룬다는 의미에서 '고위 정치(high politics)'라고 한다. 물론 말도 안 되는 얘기다. 저자의 시선은 반대다. '저인망(bottom trawl)'에서 쏟아진 역사를 쪼그리고 앉아 일일이 다듬는 저자의 모습이 보인다. 그는 부고 기사에 유족이 누구인가가 아니라 당대 사회를 썼다.

어찌 다 소개하랴. 한 인물만 이야기하자. 부고 책이라 해서 죽음에 대한 이야기인 줄 알고 샀다. 나의 관심사가 자살이어서, 미국의 심리학자 노먼 파버로부터 읽었다. 파버로는 자살 연구자다. '생명의 전화' 창시자이자 자살 생존자(자살 시도에 실패한 사람이 아니라 자살한 가족을 둔 사람)들의 심리 치유에 일생을 바쳤다. 자살이 사망 원인 1위인 한국은 야만 사회다. 자살은 "당신을 이해한다"는 한마디의 공감만으로도 막을 수 있기 때문이다.

내 친구는 여러 번 자살을 시도했다. 15년간 치료해 왔던 담당 의사가 "당신은 의사인 내가 봐도 죽을 만큼 고통을 겪고 있다. 죽어도 된다."고 허락(?)했다. "대신, 며칠만 미루라."고 말했다. 그는 이 말을 붙잡고 지금까지 살고 있다. 저자가 파버로의 인생에 붙인 타이틀은 "죽음을 이해하는 것으로 예방하다."(《가만한 당신》, 60쪽) 사람에게 받은 상처는 사람을 통해서만 회복된다고 생각한다. 그래서 힐링이 어렵다. "양지에서 누릴 것 다 누리고 살았지만, 노력 중인 저자"가 전한 아름다운 이들 덕분에 어느 '음지의 독자'가 크게 위로받았음을 고백한다.

빚

끈 _ 박정헌

연초 귀농한 지인이 재배한 과일을 친구들에게 선물했다. 내가 평소에 안 하던 일이긴 하다. “고맙다, 잘 먹겠다.” 이렇게 간단히 끝날 일인 줄 알았는데 반응이 의외였다. 일단, 주소부터 알려주지 않았다. “김영란법 위반이야.” 정도는 농담. “뭘 부탁하려고?”, “부담된다, 다음부터는 그러지 마.”, “우리가 무슨 관계지?” …… 나는 상처받았다.

선물 사건 이후 이 책이 생각났다. 2005년 1월, 한국의 산악인 두 명이 히말라야 산맥 중 하나인 ‘촐라체’(6,440미터) 정상 등정에 성공한 후 하산 도중 사고를 당한다. 몸무게 78킬로그램의 후배 최강식이 크레바스로 추락했고, 70킬로그램의 선배 박정헌은 끈을 놓지 않았다. 9일 만에 생환했지만 갈비뼈는 부러지고 발목은 덜렁거리는 채였다. 두 사람 모두 손가락, 발가락을 절단했다. 더는 등반 전문가로서 살 수 없게 된 것이다.

《끈》은 이 과정을 박정헌이 직접 쓴 책이다. 책 내용은 여느 산악 영화보다도 '스펙터클'하다. 영화보다 책이 나은 경우다. 그러나 이 책을 "동지애가 부른 기적의 감동 스토리"(추천사, 광고 문안) 같은 단순한 영웅담이나 산 사나이들의 우정으로만 읽는 것은 '부당하다'고 생각한다. 나는 그해 5월, 책이 출간되자마자 샀다. 여러 번 읽었다. 실존 인물의 이야기이고 나의 관심사가 당사자들에게는 불편할 수도 있는 문제라 조심스럽다.

두 사람의 상황이 극적이긴 하지만 누구나 겪을 수 있는 인간사다. 선배가 후배를 살렸지만 먼저 산행을 제안했고, 후배는 경험하고픈 산이 많은 앞길 창창한 젊은이다. 이때, 누가 누구에게 감사해야 할까. 책에는 전혀 언급되지 않지만 후배는 선배를 원망할 수도 있다. 선배는 후배에게 "많은 빚을 졌다."(222쪽)고 반복해서 말한다. (책에 후배의 관점은 등장하지 않는다.) 끈에 매달린 사람은 끈을 놓지 않은 사람에게 감사해야 마땅한가. 그렇게 생각하는 독자는 많지 않을 것 같다.

둘은 서로 말이 없고 자주 만나지 않는다. 나는 목숨을 구해준 사람과 '빚진' 사람의 감정, 사건 이후 두 사람 사이의 관계에 관심이 있다. 내게 이 책은 저자의 의도와는 달리, '감사'에 대한 긴장감을 불러일으킨다. 자존심이 센 사람은 빚진 상태를 못 견뎌하는 경향이 있다. 내 친구들처럼 작은 선물도 불편한 것이다. 사실 나도 그런 유형이다. 게다가 나는 인간관계가 많거나 넓은 것을 좋아하지 않는다. 사람은 번거로운 존재다. 불

필요한 자존심을 '깨끗하다'고 착각하면서.

감사는 호혜적일 수 없다. 기본적으로 빚진 마음이다. 나중에 갚아야 한다는 전제가 있는 부담감이다. 만일 되갚을 자원이나 의지가 없고 상대가 그것을 알고 있다면, 감사를 주고받는 행위는 불편하다. '고마운 줄도 모르고', 갈등과 분노도 잦다. '생명의 은인'인 경우는 갚을 길이 없다. 그래서 "감사하다."고 말하면 "(나는) 괜찮아요.", "당신은 (운이 좋아) 환대받았을 뿐(you're welcome)."이라는 '박대'를 받는 것이다. 관계가 지속되려면 호혜성을 위해 노력해야 하는데 쉬운 일이 아니다.

선물은 드물고 뇌물은 넘쳐난다. 선물과 뇌물의 경계는 절대로 애매하지 않다. 뇌물은 당장의 대가가 오가는 불법 구매 행위일 뿐이다. '불편해도' 선물과 도움이 오가는 사회가 바람직하다. 사회 구성원이 언제든지 불특정 다수에게 갚을 빚이 있다고 생각하는 자세, 마음의 빚으로 이루어진 연대. 채무와 채권의 관계가 유동적인 관계. 가진 것의 크고 작음과 관계없이 사회에 '돌려주고' 싶은 마음이 권리로 인식되기를 희망한다. 감사가 공적 영역의 의제가 될 때 돌봄 사회가 가능해진다. 이것이 '헬조선'의 대안 아닐까. 이 시대의 비극은 나의 선물 사건처럼 상호 행위인 감사는 '부담스럽고', 구조적 착취는 '합리적'이라는 사실이다.

한번도 상처받지 않은 것처럼?

사랑하라 한번도 상처받지 않은 것처럼 _ 류시화 엮음

사랑은 정의하기 어려운 단어다. 동료애, 조국애, 우정……. 글을 쓰기 위해서는 사랑에 대한 한정된 개념이 필요하다. 이 글에서 사랑은, 배타적인 일대일의 성적 관계가 동반되는 짧은 기간의 '인간관계일 뿐이다'. 생각보다 특별하지 않다. 동시에 모든 인간관계에는 애증의 요소가 있다.

이 책과 엮은이 류시화를 소개할 필요는 없을 것이다. "이것 또한 지나가리라."(28쪽)도 좋지만 표제작이 유명하다. 누구나 고민하는 삶의 문제. 상처받았는데도 끊임없이 다시 시도하는 것은 어렵고 바람직하지도 않다. 언뜻 득도의 시처럼 보이지만 현실적으로 잔인한 이야기다.

"춤추라, 아무도 바라보고 있지 않은 것처럼. 사랑하라, 한번도 상처받지 않은 것처럼. 노래하라, 아무도 듣고 있지 않은 것처럼. 일하라, 돈이 필요하지 않은 것처럼. 살라, 오늘이 마지막

날인 것처럼."(알프레드 디 수자 지음, 18쪽)

두 가지가 문제다. 사랑, 춤, 노래, 일, 삶은 병렬적 가치가 아니다. 관계에서 '실패(배신, 상실, 두려움……)'한 후 다시 인간을 신뢰하는 것과 관객 없이 춤추는 것이 어떻게 같은 수준의 용기를 필요로 한단 말인가. 인간관계에서 고통받은 적이 없는 사람이 쓴 시 같다.

두 번째로, 단언컨대 한번도 상처받지 않은 것처럼 사랑하는 것은 불가능한 일이다. 이는 잠언이 아니라 관념이다. 인간관계는 기억, 체현, 흔적이든 상처의 면적 차이가 있을 뿐, 영원히 몸에 남아 있다. 다를 수는 있어도, 없었던 일이 되지는 않는다. 다시 찾아온 관계가 이전과 체격만 비슷해도, 우연히 같은 단어만 써도 뒤로 물러서게 된다. 내가 변하면 다른 유형의 관계가 가능할 수도 있겠지만 상처받은 사람이 변하는 것도 어렵고, 좋은 인간관계가 보장된다는 법도 없다.

실패에서 배울 수 있는 영역은 사업이나 공부처럼 한정적이다. 인간관계는 그렇지 않다. 관계는 배움 이전에, 상처다. 아무도 믿을 수 없다. 어떻게 살 것인가. 그래도 다시 한번? 자신이 없다. 피해의식과 분노로 남은 인생을 보낸다면, 이처럼 억울한 일도 없을 것이다. 분노의 시대요, 상처의 시대다. 상처받고도 다시 힘을 낼 수 있을까. 이는 개인의 문제가 아니다. 신자유주의 체제에서는 모든 것이 양극화된다. 계층 구조는 물론이고 인성까지 둘로 나뉜다. 이 구조를 정확히 파악하고 빨리 적응하는 사람과 그러지 못하는 사람/그렇게 하지 않으려는 사람.

기존의 개인이 공동체로부터 인권과 자유를 보호받아야 할 존재였다면, 지금은 스스로 알아서 각자도생을 수행해야 할 '자원'이 되었다. 우리의 몸은 '존재'에서 '자원'으로 변화했다. 개별화된 사람들, 모두가 경쟁자인 구도에서 기존의 집단적 규범은 영향력을 행사하지 못한다. 이제까지 개인은 자신의 가치를 확인해줄 타인(사회)이 필요했다. 여성학자 민가영은 이런 시대에 나의 의미는 타인과의 관계가 아닌 자신이 자신과 맺는 관계를 통해 이루어지고 있다고 진단한다.

타인의 승인보다 자신만을 믿는 상태에서 윤리는 의미가 없다. 이때 가장 흔한 현상은 자기 합리화, 자기 도취, '마인드 컨트롤'까지 이른바 '정신 승리'다. 자기 도취에 빠진 사람과는 소통이 불가능하다. 이들은 자신이 피해를 준 이들이 괴로워하면 대화를 요구한다("응답하라"). 아이러니하게도 나르시시스트들은 대화 만능주의자다. 소통 이전에, 자기 잘못을 모르기 때문이다. 반면 고통받는 사람은 대화를 '거부'하는 이들이 된다.

누가 더 나쁜 세상에 빨리 적응하는가, 부끄러움을 모르는가, 이기적인가, 면전에서 거짓말을 할 수 있는가에 따라 삶의 '승패'가 좌우된다. 억울한 이들만 늘어난다. 힘이 옳고 그름을 결정한다. "너무 아픈 사랑은 사랑이 아니다." 이런 시대에 어떻게 한번도 상처받지 않은 것처럼 사랑할 수 있단 말인가.

길에서 살고 길에서 죽다

길에서 살고 길에서 죽다 _ 한수산

한수산은 《군함도》를 쓰기 전인 1993년부터 같은 소재로 〈중앙일보〉에 소설 〈해는 뜨고 해는 지고〉를 연재했다. 그런데 쓸 이야기가 너무 많아서 "3년이 다 되도록 주인공들이 군함도에 들어가지도 못했다."고 한다(〈씨네21〉, 1114호). 그의 이야기에 공감하며 한참 웃었지만 금세 좌절감이 밀려왔다.

이것은 언어와 권력의 문제다. 작가와 비교하기 대단한 실례지만, 내 글도 시작까지 길이 멀다. 아니, '군함도에 들어가기' 전에 길을 잃는다. 이유는 다르다. 그는 정말 할 말이 많아서, 나는 전제가 필요해서다. 예를 들어, '계급'은 설명하지 않아도 되지만 '젠더'는 그렇지 않다.

좋은 글은 기존의 언어에 동의하지 않으면서 그것을 전유(轉有)하는 것이다. 모든 언어는 각각 다른 전제가 있는데, 통념이나 이데올로기 같은 지배적 언어는 이미 공유되어 있다. 소수자의 언어는 전제를 설명하거나 번역해야 한다. 이 과정을 생략하면 폭력적, 자의적, 비과학적인 글이 '된다'. 내게 최선의 방법은 노동이다. 여러 버전을 쓰는 것이다. 운이 좋은 날은 글의 윤곽이 어른거리지만 대부분은 실패다. 방황의 흔적만 남긴 채 끝나거나 포기하고 남들 쓰는 대로 쓴다.

글은 아는 것을 쓰는 것이 아니라 아는 것을 버리는 과정이다. 앎이란, 지식의 습득이 아니라 지식을 다르게 배치하는 것이다. 지식이 자료에 불과함을 증명하는 일이다. 그래서 진보(進/步)의 방식은 계속 걷기고, 보수(保/守)의 도구는 과거를 지키는 익숙함(진부함)이다. 쉬운 말은 지배자, 사기꾼, 게으른 이들의 언어다. 한국 사회처럼 스트레스가 많은 곳에서는 선호될 수밖에 없다. 생각은 엄청난 노동이기 때문이다.

자기 모순은 언어를 빼앗긴 이들의 운명이다. 이것이 지배와 피지배 관계의 핵심이다. 강자의 삶과 기존의 언어는 일치하지만 약자의 삶과 언어는 불일치한다. '세계문화유산 군함도'는 누구의 관점인가? 피억압자의 노동을 지배자의 시각에서 정의하는 것, 이것이 가부장제요, 제국주의요, 인종주의다.

부정의가 정당화되고 지속되는 이유 중 하나는 소수자의 '선택'이 많기 때문이다. 지배자의 언어를 열심히 배우거나, 끊임없이 혼란과 의심에 시달리거나, 교란을 꾀하거나, 새로운 언어를 모색하거나……. 모두 간단치 않다. 사회는 약자가 말만 해도 폭력으로 간주한다.

듣지도 않고 말하지도 않는 침묵도 한 방법이다. 세상에서 가장 억울한 상황 중 하나는, 말이 통하지 않는 사람과 평화적 해결이라는 이름으로 '대화'를 강요받을 때다. 나는 이에 응하지 않으려고 죽을힘을 다한다. '웃으면서' 되묻는다. 답하면 결과는 둘 중 하나, 백전백패거나 가해자가 된다. 분노로 흥분하거나 초과 발언을 할 가능성이 많기 때문이다.

침묵 다음의 '대안'이 있다면, 말과 권력의 연결이 느슨한 길 위의 삶이 아닐까. 어디에도 정착하지 않는, 닿고 떠나기를 반복하는 유착(流着)의 여정. 길은 수단이나 방향이 아니라 공간이다. 말은 풍경(전제)에 따라 달라질 것이다.

좋은 기행문은 저자와 독자를 새로운 말의 세계로 데려간다. 한수산의 성지 순례기 제목 《길에서 살고 길에서 죽다》는 "교우를 만나기 위해 하루 80리에서 100리(40킬로미터) 걸었던" 최양업 신부의 이야기에서 따왔다.(106~113쪽) 성인(聖人)은 '저들의' 말의 권력에서 벗어나 길에서 살고 길에서 죽는 이들이다.

나는 집과 도서관을 왕복하는 일상을 살아왔지만, 더는 '남자들의 집'에서 그들의 언어와 씨름하고 싶지 않다. 길 위에서 살아보리라. 모든 짐을 정리하고 집을 떠나 부초가 되어보자. 《부초(浮草)》를 다시 집었다. 예전에 읽을 때와 달리 완벽한 절망이 왔다. 여자인 내게 어떻게 "하늘이 천막"(1977, 민음사, 361쪽)일 수 있겠는가. 성폭력부터 생각났다. 아주 먼 훗날일지라도 길 위에서 살기 위해, 다시 책상 앞에 앉았다.

될 수 없는 자

리부팅 바울 _ 김진호

바울은 성서에서 가장 중요한 인물이다. 제2성서(《신약성서》) 27개 텍스트 중 13개가 바울의 이름으로 된 문서이고, 그의 서신은 1세기 말경부터 그리스도교 공동체에서 가장 권위 있는 문서였다. 바울이 코린토스(고린도) 시(市)의 그리스도인에게 보낸 〈고린도전서〉 9장 16~27절은, 기독교 신앙을 떠나 많은 이들에게 서원(誓願)의 글이 될 만한 명문이다.

나 또한 민망하지만 그리운, 그런 시절이 있었다. 지금도 어떻게 살아야 할지 모르겠으므로 새로운 맹서를 소망한다. '훼손'을 무릅쓰고 적어본다. "내가 복음을 전할지라도, 그것이 나에게 자랑거리가 될 수 없습니다. 나는 어쩔 수 없이 그것을 해야만 합니다. …… 내가 받을 삯이 무엇이겠습니까? 그것은, 내가 복음을 전하는 데에 따르는 나의 권리를 이용하지 않는다는 그 사실입니다. 나는 어느 누구에게도 얽매이지 않은 자유로운 몸이지만, 많은 사람을 얻으려고, 스스로 모든 사람의 종이 되었습니다. 유대 사람들에게는, 유대 사람을 얻으려고 유대 사람 같이 되었습니다. …… 믿음이 약한 사람들에게는, 약한 사람들을 얻으려고 약한 사람이 되었습니다. 나는 모든 종류의 사람에게 모든 것이 다 되었습니다. 그것은, 내가 어떻게 해서든지, 그들 가운데서 몇 사람이라도 구원하려는 것입니다. …… 나는 내 몸을 쳐서 굴복시킵니다. 그것은 내가, 남에게 복음을 전하고 나서 도리어 나 스스로는 버림을 받는, 가련한 신세가 되지 않으려는 것입니다."

신학자이기도 한 알랭 바디우의《사도 바울》과 조르조 아감벤의《남겨진 시간》은 다방면의 미덕에도 불구하고, 거대 서사라는 점에서 결국 묵시록적인 여운을 남긴다(특히《호모 사케르》). 물론 지구는 절망적이다. 하지만 똑같은 절망은 없으며 절망을 대면하는 시선 역시 동일하지 않다. '서울'에서 쓴《리부팅 바울》의 저자 김진호는 절망적이기보다 현실적이다.

그는 서구 지식인이 여전히 "지구적(고린도? 파리?) 사고와 지역적(서울?) 실천"이라는, 즉 자기들은 글로벌이라는 보편과 특수의 이분법에서 얼마나 벗어나기 힘든가를 증명하는 데 성공한다.

나는 정치와 사회운동과 학문은 종교가 되어서는 안 되지만 종교/적이어야 한다고 생각한다. 그것은 겸양과 자기 변화, 궁극으로는 헌신으로서의 변신이다. 타인 되기. 나는 5장 "낯선 바울의 타자의 정치학-고린도전서 읽기"에 집중한다. 나는 이기적인 사람으로서 관심사가 고정되어 있다. 나는 "될 수 없는 자"(139쪽)가 되기 위한 삶에 집착한다. '될 수 없는 자'가 되기 위해 노력하는 과정에서 얻는 것들—실패, 고통, 깨달음—, 이것이 내가 원하는 바다.

자신을 버리고 언제나 상대방(타자)이 되는 삶. 바울은 '주인, 이스라엘인, 남자'가 되기를 버리고 '여자와 노예'가 되기로 하지만 실패한다. 물론 우리가 아무리 간절히 타인이 되고자 해도 진정 타인이 되지는 못할 것이다. 요지는, 바울의 제안이다. 저자 역시 그러하다. 타인이 됨으로써 약자의 저항(탈전통)과 융합을 강조하는, 공동체의 윤리를 발전시키자는 것이다.

내가 타인이 되고자 함은 '복음' 때문이라기보다는 다른 세계로 가기 위해서이다. 타인을 수용하고 온전히 이해하고 이해받을 때 우리는 어떻게 변형될까. 그 상태를 살고 싶다. 타인이 내게 들어오기는 쉽지 않다. 그 반대는 조금 수월하다. 나를 없애버리면 된다. 타인의 몸에 들어가, 그들이 자신의 전사(前史)를 인식하고 그로 인해 괴로워하기를 바란다. 나는 그/그녀 혹은 대상에게 헌신하는 기생자가 되고 싶다.

'될 수 없는 자'가 되는 것은 불가능하지만 그것을 추구하는 것은 삶의 본질이자 으뜸 가르침('宗教')이요 마음을 다한 정치이다. 진정한 믿음은, 비슷하지만 아닌 것, 즉 사이비(似而非)다. 최선의 사이비가 아니라면, 우리가 이룰 수 있는 것이 무엇이겠는가.

3장

내게 '여성'은 고통이자 자원이다

하늘에 계신 할아버지

고통의 문제 _ C.S. 루이스

삼한사온은 사라진 지 오래고 사계도 그럴 위기다. 봄과 가을은 짧아졌고 겨울은 한 해 거의 절반을 차지한다. 이불 속에서 나오지 못하고 "아, 삼시 세끼 나오는 따뜻한 집에서 살고 싶다."라고 노래를 불렀더니 친구가 "그게 바로 천당"이란다.

그렇다. 천당이 없다면 하느님도 없을 것이다. 하느님의 절대 권능은 천국 제공으로 증명된다. 아님, 최소한 천당 가는 방법이라도 알려주어야 한다. 그런데 그는 천당은커녕 고통을 주신다. 하느님이 선하다면 왜 무고한 사람에게 고통을 주는가. 왜 세상에 악이 판치도록 내버려 두시는가. 신앙인이든 아니든 누구나 한번쯤 해봤을 원망이다.

《나니아 연대기》의 작가이자 기독교 사상가 클라이브 스테이플스 루이스의 《고통의 문제》는 이에 대한 고전적 답변이다. 이 책은 1940년에 출간된 그의 첫 신학 저서인데, 기독교인이 아닌

이에게는 불편할 수도 있지만 고통을 질문하는 모든 이들에게 개방된 텍스트라고 생각한다.

고통은 만사가 잘 돌아가고 있다는 환상을 깨뜨린다. 신으로부터 자립할 수 있다는 오만에 빠진 인간은 고통으로 인해 온전해진다.(146쪽) 책의 요지는 고통은 피할 수만 있다면 겪지 말아야 한다는 의미에서 무의미하지만, 어차피 그것은 불가능하므로 의미를 부여해야 한다는 것이다. 피하고 싶지만 피할 수 없는 문제. 이런 종류의 인생사는 의미 추구만이 답이다. 고통의 가치는 오로지 해석에 달려 있다.

우리는 여전히 혼란스럽다. 왜 나만? "사람들은 하늘에 계신 아버지(Father in Heaven)가 아니라 집에 계신 인자한 나의 할아버지를 원한다." 하지만 본디 하느님의 사랑은 아버지의 정의로운 질서이지, 할아버지의 손주 사랑이 아니다. 사랑은 따뜻하고 관대하고 친절하기보다 단호하고 영광스러운 특별한 것이다.(59~68쪽)

루이스의 재치대로 아버지는 유일한 절대자지만 할아버지는 보통 명사다. 이것이 '고등 종교'의 출발이다. 심판자 "하늘에 계신 아버지"는 정의롭고 고뇌에 차 있다. 사랑을 퍼주는 만만한 분이 아니다. 이 책의 맥락에서는 할아버지는 기복 신앙을 상징하고, 차원 높은 믿음은 아버지가 실현할 일이다.

여기까지가 루이스와 그로 대변되는 '순전한 기독교'(Mere Christianity, 그의 다른 책)의 몫이다. 그다음부터는 상황이 녹록지 않다. 주, 주인, 조물주를 아버지라고 가정한 이상 불가피한 일이다. 널리 알려졌다시피 '하느님 아버지', '아버지의 법'은 가부장제를 상징하는 언설이다. 흑인 신학이나 페미니즘의 줄기찬 문제 제기 속에서도 여전히 아버지는 백인 남성으로 상정된다. 하지만 아버지와 할아버지는 다른 세계에 산다. 할아버지는 아버지의 아버지지만 아버지에 의해 거세된, 말 그대로 힘이 없어진 존재다.

문제는 사람들이 체감하는 대부분의 아버지는 '아버지의 법'을 제대로 실현하는 책임 있는 가부장이 아니라는 사실이다. 남성들 사이에는 첨예한 계급 격차가 있어서 부양자, 보호자라는 남성의 성 역할을 제대로 수행할 수 있는 능력과 인간성을 구비한 남자가 드물다.

이는 구조적인 문제여서 남성 개인을 비난할 수는 없지만 그들은 사태를 파악할 필요가 있다. 나를 보호하는 아버지? 세상을 구원하는 아버지? 아버지들이 직접 호소하다시피 그들은 용감하지도 않고 강하지도 않다. 그들만의 리그에서 자기들끼리의 경쟁이지만, 어쨌거나 경쟁 사회에 지쳐 있다. 기대는 버린 지 오래. 무책임, 폭력, 찌질함이나마 좀 관리해주었으면 한다.

정의로운 신앙인들은 심판할 능력도 없는 아버지의 권위적인 사랑보다는 '어머니', 그가 노동으로 만들어 가는 보살핌 윤리를 이야기하기 시작했다. 천국이 따로 없다. 죽은 다음은 모르겠고 생전에 어느 정도의 복지가 실현되면 그게 천국이다. 싸고 편리한 도시 가스가 전국에 공급되고, 노숙인들이 동사하지 않고, 끼니가 서러운 이들이 없었으면 좋겠다. 국가가 부자들에게 천당행 티켓(세금)을 팔면 되지 않을까. 그러면 부자도 낙타와 경쟁하지 않고 천당에 갈 수 있다. 저렴해도 충분하다. 그 돈으로 가난한 이들에게, 지금 여기에 천국을.

무지는 어떻게 나댐이 되었나

나를 대단하다고 하지 마라 _ 해릴린 루소

얼마 전 〈'그런' 페미니즘은 없다—불안은 어떻게 혐오가 되었나〉라는 주제의 강의가 있었다. 우리 사회 일각의 여성 혐오 현상을 살펴보자는 취지였다. 이럴 때 꼭 등장하는 이름, 일베. 그들만 그런 것도 아니고 새삼스러운 일도 아닌데…….

어쨌든 페미니즘은, 무엇이 페미니즘인지 또 그것은 누가 정하는지를 경합하는 인식론이므로 앞의 문구는 좋았다. 그러나 "불안은……" 이 구절은 상투적이다. 누군가(여성, 이주노동자) 내 일자리를 빼앗아 간다는 소문이 돌면 나오는 분석이다. 사회적 약자를 배척하는 세력은 기득권층도 있지만 비슷한 처지의 약자인 경우가 많다. 인간은 누구나 불안하다. 이 문구는 잘살게 되면 마치 불안이 없어지는 것 같은 착각을 준다.

나는 다른 구호를 제안했다. "무지는 어떻게 나댐이 되었나." 학력(學力)이든 학력(學歷)이든 유·무식, 인식·무지와 무관하다. 사람마다 아는 분야가 다를 뿐이다. 왜 어떤 지식은 사상이고, 어떤 지식은 경험인가. 왜 어떤 무지는 수치스러운데, 어떤 무지는 권력이 되는가. '무식하다'는 욕 같지만 자기 위치를 모르는 이들에겐 완장이다. 그래야 통치가 가능하다. 대개 남성들은 '지식인'이든 아니든 여성주의를 모르는 것을 자랑스럽거나 당연하게 생각한다. 심지어 '진정한 페미니즘'을 가르치려는 이들도 심심찮다.

우리 사회에는 장애, 성별, 이성애 제도에 대한 지식이 없다. 나는 '정상인'들의 무지가 차별의 엔진이라고 생각한다. 당하는 입장에서는 매번 대응할 수도 없고, 교정을 요구할 수도 없는 고단한 삶이다. 무지를 부끄러워하기는커녕 나서는 사람들이 있다. 이유는 간단하다. 그래도 되기 때문이다. 세상에서 가장 무섭고 해결하기 어려운 권력은 '몰라도 되는 권력'이다.

《나를 대단하다고 하지 마라》는 미국의 장애여성운동가, 화가, 작가이며 경제학을 전공한 해릴린 루소의 자기 이야기다. 1946년생. 뇌성마비 장애인으로 태어났다. '거지와 불구'(42쪽), '거리 두기'(285쪽)는 동정이 어떻게 관계의 예술로 변화하는가를 보여준다.

글쓰기는 삶과 분리될 수 없다. 내게 '여성'은 고통이자 자원이다. 항상 양가감정에 시달린다. 자기 혐오와 연민, 피해의식, 분노가 나를 삼킬 때는 나도 저자처럼 죽고 싶다.(202쪽)

세상에서 가장 어려운 글쓰기 중 하나는 사회적 약자의 자기 재현이다. 이 책은 내가 아는 자기 이야기 중 최고다. 이런 사유에 도달하려면 정치적으로, 지적으로, 인간적으로 얼마나 성숙해야 할까. 이 책은 장애 여성 관련서가 '아니다'. 몸, 관계, 사회라는 삶의 모든 영역을 다룬다. 인문학 '입문서'의 모델이자 타자 없는 사회라는 인류 최상의 선을 보여준다. 이 책의 가장 빼어난 정치학은 배려, 호기심, 평등(같아지라는 요구)처럼 아름다운 듯 보이는 태도가, 실제로는 얼마나 타인을 함부로 대하는 배제의 정치인가를 분석했다는 점이다.

"무지한 사람들과 달갑지 않은 조우"에 나오는 얘기들은 나도 매일 듣는 레퍼토리다. 무지(clueless)는 지식이 없다는 뜻을 넘는 심오한 말이다. 영어의 '클루'는 단서, 실마리라는 뜻이므로 클루가 없는 인간은 '개념이 없는, 어디서부터 손대야 할지 모르는 사람'을 가리킨다. 대화는커녕 접촉에서부터 폭력을 발산하는 사람들이다. 본인이 누구인지 모르는 분들. 권력이 부여한 무지는 국가도 구할 수 없다. 그들을 밟아줄 (상상 속의) 코끼리가 필요할 뿐이다.

누구나 질문이라는 형식의 모욕을 경험한 적이 있을 것이다. (여자가 왜 직장을? 장애인이 왜 공부를?) 사람들이 무지를 부끄럽게 여긴다면, 즉 잠시 입을 다문다면 그것이 평화요, 힐링이다. 인간이 자기 모습을 직시할 수 있는 통로는 거울이 아니라 상상력이다. "거울 속의 나를 보지 못하는"(155쪽) 사람들이 얼마나 많은가. 외모는 특정 이미지로 정형화되어 있고 의료 체계와 매체에 의해 수시로 변한다. 그 전형을 따라잡는 것도 힘겹고, 벗어나는 것도 힘겨운 세상이다. 이제 자신을 온전히 받아들이는 일은 만인에 대한 전투가 되었다.

모든 혐오의 출발은 자신이다

문명 속의 불만 _ 지그문트 프로이트

"코페르니쿠스 이후 우리는 지구가 우주의 중심이 아니라는 것을 안다. 마르크스 이후 우리는 인간 주체가 역사의 중심이 아니라는 것을 안다. 그리고 프로이트는 인간 주체에는 중심이 없다는 것을 밝혀주었다." 알튀세르의 이 말은 서구 근대사에 대한 가장 훌륭한 요약 중 하나가 아닐까('열린책들'의 프로이트 전집 뒤표지). 프로이트 사상은 결정론적이지만, 흥미롭게도 뿌리보다 더 강하고 섬세한 가지들이 파생했다. 혐오(hating)에 대한 고전적 분석도 프로이트에게서 나왔다. 그는 인간이 자기 외부(타자)를 만들어서 인생고를 해결한다고 보았다. 그 과정이 문명이다. 여기서 주의할 것은 우리 사회의 문맥이다. 식민과 독재를 경험한 우리에게 문명은 후진성을 극복하는 계몽, 발전, 진보 등 긍정적 의미로 쓰이지만, 프로이트에게는 문명과 본능적인 삶(성욕)의 대립을 설명하기 위한 '중립적' 의미였고 걱정거리("그 불만")였다.

"누구나 알고 있듯이 인생은 너무 힘들다. 인생은 우리에게 너무 많은 고통과 실망과 과제를 안겨준다. 인생을 견뎌내기 위해서는 고통을 일시적으로 완화하는 수단이 반드시 필요하다. 그런 수단으로 세 가지가 있다. 우리의 관심을 다른 곳으로 돌려 고통을 가볍게 생각하도록 하는 강력한 편향, 고통을 줄여주는 대리 만족, 고통에 무감각하게 하는 마취제."(246쪽)

인간은 원래 행복할 수 없는 종자다. 인간의 행복은 오직 타인과의 비교를 통해서만 가능하기 때문이다. 그런 그가 본 고통의 근원은 유한한 육체, 외부 세계, 타인과의 관계였다.

역사상 가장 오래된 혐오는 말할 것도 없이 여성 혐오다. 고통을 자기 일부로 수용하기보다는 다른 곳으로 이동시킬 때 처음 등장하는 존재는 동물, 자연, 본인의 배설물이다. 남성(인간)에게 여성(인간 아님)은 이 세 가지를 인식하는 시작이자 교집합이다. 이렇듯 모든 혐오의 출발은 자신이다. 자기 내부의 관념에서 나온다. 파시즘이 그 정점이다. 파시스트는 피아, 자아 경계가 없다. 나=세상이다.

현재 우리 사회의 문화적 '대세'. 여성, 전라도 사람, 성적 소수자, 이주 노동자에 대한 혐오 발화를 분석하는 데 프로이트는 얼마나 유용할까. 그는 언제나 생각의 실마리만 줄 뿐이다. 실천력이 '없다'. 분석과 설명의 대가지만, "예언자도 위로도 주지 못하는 나(프로이트)."(329쪽)라고 밝힌다. 하지만 나는 그의 전치(轉置, displace, 자리를 옮기는 것) 개념을 좋아한다. 남 탓으로 돌리거나 문제를 다른 사람에게 심는다.

여성은 남성에게 언어의 토대가 된 존재다. 한마디로, 가장 만만한 타자다. 남성은 여성과 접촉하고 싶으나 접촉하면 자기가 오염된다는 논리적 모순 때문에 이치와 논리를 포기하고, '막 나간다'. 이 과정에서 전쟁과 폭력은 필연적이다. 자기 행동의 의미를 모르므로 타인의 고통에 대해서도 개념이 없다. 이 방면의 대가 안드레아 드워킨이 말했다. "의미를 모르면 고통도 없다."

나는 최근 우리 사회의 여성 혐오 현상이 '혐오'일까 다소 의문이 든다. 전통적인 혐오(포비아)는 공포와 무지로 작동한다. 지금 일련의 사건들은 무지나 두려움 때문이 아니다. 그냥 약자를 함부로 취급하는 것이다. 이들의 자기 도취에는 타인을 짓밟겠다는 의지가 있다. 근대적 인권 상식은 규범적으로는 모든 이들이 평등하다는 것인데, 규범에 동의하지 않아도 상관없다. 말만 하지 않으면 된다. 생각은 자유지만 발화는 공동체를 파괴하는 행위다.

이들은 어떤 규범은 지켜야 하고 어떤 규범은 무시해도 된다는, 게임의 법칙을 잘 알고 있다. 그래서 어떤 부분은 절대로 건드리지 않는다. 약하고 편한 집단만 타깃이 된다. 상대를 혐오하고, 조롱('풍자')했을 때 어떤 사회적 처벌과 반응이 벌어질지 잘 아는 권력 관계의 달인이다. 남성연대 앞에서는 어떤 사유도 불가능하다는 것을 증명하며 가해를 방어하는 일부 좌파 지식인을 포함해, 이들의 반사회성은 사회적으로 훈련된 문명의 결과다.

혐오 발화는 자기를 바라볼 필요도 없고 용기도 없는 이들의 테러다. 자신을 모르는 이에게 가장 좋은 치유는 면벽(面壁)이다. 면벽? 깨달을 때까지 격리다.

그 남자의 여자들, 제2의 성

제2의 성 _ 시몬 드 보부아르

역사상 가장 오래된 범죄. 여성에 대한 폭력은 나를 포함한 '여자의 일생'의 일부다. 몇 주간 인터넷을 달구었던 진보 남성의 폭력. 알고 있던 사건도 있었는데, 내가 아는 한, 실제 상황을 모두 보고한 피해자는 없었다. 여성에 대한 폭력은 통념보다 훨씬 광범위하고 심각하다는 얘기다.

폭력은 불법이다. 합법적 폭력인 공권력조차 허용 범위는 대단히 좁다. 폭력을 당했으면 가해자가 누구든 경찰에 신고하면 된다. 피해자의 신원이 공개될 일도 없고, '범인'의 진정성을 놓고 공방전을 벌이는 것은 더욱 이상한 일이다. 사건을 조사하고 가해자를 처벌하는 것은 사법 체계가 할 일이다.

하지만 여성이 피해를 신고할 수 있다면 이미 가부장제 사회가 아닐 것이다. 인권 의식 향상으로 신고율이 높아져도 걱정이다. 검경이 가해자를 제대로 처벌할까? 강간 신고율이 왜 6퍼센트 미만이겠는가.

지금처럼 피해자가 자신의 사회적 경력, 인간관계 심지어 목숨을 걸고 사건을 알리는 이유는 간단하다. 국가와 사회의 도움을 받지 못하기 때문이다. "더한 놈도 있는데, 왜 나만?"에서부터 "피해자 말은 사실과 다르다."까지. '용의자' 입장에서는 억울할 수 있다.

하지만 이러한 상황은 '당신들 자신' 때문이라고 말하고 싶다. 사건이 경찰서로 가지 않고 인터넷에서 터진 것은 역사의 부메랑이다. 억울하면 5천 년간 누적된 '아버지의 역사'를 공부하라. 그런 사람이 남성 페미니스트다. 가해자가 페미니스트로 갱생할 기회는 얼마든지 있다.

이번에 제기된 사건들의 내용과 불법의 정도는 동일하지 않다. 폭력의 물리적 심각성만 강조될 때, 진짜 구조는 실종된다. 여성 대상 폭력의 특징은 가장 죄질이 나쁜 사례가 법으로는 가장 문제가 없는 경우가 많다는 점이다. 그런 의미에서 이번 '집단 신고' 중 가장 인상적인 사건은 웹툰 작가 강도하의 1:1 팬미팅, '도하걸 모집(시즌1, 시즌2……)'이다. 성추행은 이 과정에서 (필연적으로) '파생'된 것이다.

'신남성'이라는 말은 없다. 일제 강점기 '마르크스 걸'부터 '신여성', 당대의 '~빠', '된장녀'까지. '도하걸'은 이 정치학의 절정이다. 가부장제 사회에서 여성의 지위는 아버지, 남편, 애인 같은 남성과의 관계에 의해 정해진다는 믿음이다. 남성만 인간이므로 제1의 성. 여성은 남성의 소유, 부속, 기호이기에 제2의 성이다. 그나마(?) '도하걸'에 들 수 있는 제2의 성은 젊고 예뻐야 한다. 성적 소수자나 아줌마는 '제3의 성'이다.

'~걸'은 여성이 자기로 인해 의미를 지닌다는, 조물주 망상이다. 진보? 지금은 중세이고 그는 중세의 신이다. 물론 새삼스럽지는 않다. 남성은 '마르크스주의자'인데 여성은 '마르크스 걸'이다. '모던 보이'도 있다고? 맞다. 이것이 타자성의 본질이다. 모던의 주체는 서구이므로 식민지 조선의 남성은 모던할 수 없다. 모던(서구)의 '보이'인 것이다.

위 이야기는 《제2의 성》이 본 2015년 한국 사회다. 1949년 이 책이 처음 출판되었을 때 프랑스 지성계는 싸늘했지만 대중의 호응은 엄청났다. 사르트르의 알제리 독립 투쟁 참여와 파농과의 관계를 못마땅하게 생각했던 보부아르가 나도 못마땅하지만, 이 책이 현대 페미니즘의 서장임을 부정하는 이는 없다. 실존주의 철학 입문서로도 훌륭하고 사례가 풍부해서 서양의 종교와 문학을 두루 접할 수 있다.

여성주의는 양성 이슈, '여혐 대 남혐' 식의 대칭 언어가 아니다. 여성주의는 '인간'과 '인간의 여자'로 나누는 권력에 대한 질문, 즉 인간의 범주에 관한 인식론이고 《제2의 성》은 그 역사를 압축한다.

페미니스트

젠더와 민족 _ 니라 유발 데이비스

김미영님께. 메일 주셔서 고맙습니다. 비슷한 내용의 메일을 많이 받습니다. 그간 한 분씩 답장하다가 기력이 달려서 지면을 빌립니다. 성별 불문하고 질문은 한 가지. 아니, '항의'라고 해야 할까요? 독자분들은 말합니다. 제가 쓴 책 혹은 수많은 여성학 책 어디에도 "여성주의자의 개념 정의가 없다."는 것입니다.

제 글에서 여성주의자의 개념이 안 나왔다니 저로서는 뿌듯하고 독자분께서는 제대로 읽으신 것 같네요. 제가 여성주의 주변에 25년쯤 있었는데 지금까지 읽은 책 중 페미니스트의 개념을 규정한 책은 아직 못 봤습니다. 아마 앞으로도 그럴 것입니다.

"여성주의자를 감별하는 리트머스 시험지는 없다.", "흑인인 저는 여성이 아닙니까?", "나는 레즈비언이지 여성이 아닙니다. 남녀 구분 자체에 반대합니다.", "페미니즘은 정의될 수 없는 경합하는 담론입니다.", "여성이 남성 사회와 맺고 있는 관계는 각각 다릅니다. 이해와 요구도 다를 수밖에 없습니다."

위에 적은 것은 유명한 페미니스트들이 한 말이고 제 소견을 말한다면, '경계(border)에 대한 사유'라고 생각합니다. 제가 페미니스트냐고요? 페미니스트는 직업도, 정체성도, 멤버십도 아닙니다. 실망스러우시겠지만 어쩌면 그냥 지칭(指稱) 명사에 불과할지도 모르죠. 사실, 마르크스주의자든 채식주의자든 "~주의자"라는 표현 자체가 평화의 언어는 아니죠. 대개는 적대, 비난, 심문하기 위한 단어입니다.

물론 저는 페미니스트를 지향합니다. 하지만 어떤 행동이 여성주의적인 것인지는 늘 고민스럽습니다. "나는 페미니스트다."는 효과적인 전략이지만, 그 효력을 잘 계산해야 합니다. 모든 선언은 일시적 전략이지 목표가 아닙니다.

페미니즘의 정의가 불가능한 것은 태생적 모순입니다. 모든 여성은 여성이기 이전에 인간입니다. 그 다양한 사람들을 여성이라는 울타리로 억지로 묶고 여성의 가치를 남성을 위한 삶(이것이 성 역할 규범입니다)으로 정해놓은 것이 성차별이니까요.

지구상에 여성이 약 35억 명인데, 어떻게 여성이 같은 처지일 수 있겠어요? 간혹, 부자 여성이 있고 가난한 남성이 있는 것이 그렇게 이상합니까. 페미니즘은 계급, 인종 등 여성들 사이의 다름을 인식하고 차이를 갈등이 아니라 자원으로 삼고자 하는 세계관입니다. 그 과정에서 자신의 위치를 알고(rooting), 동시에 이동하고 변화하면서(shifting) 성장하는 것입니다.(233쪽) 성차별은 차이 때문에 발생하는 것이 아닙니다. 차이는 그 사회의 해석에 달려 있습니다. 그러므로 "모두 직진"을 강조하는 정체성의 정치보다 교차, 우회로, 가로지르기 등 다양한 전략을 구사하는 횡단의(transversal) 정치가 유용하지요.

성별, 계급, 인종은 독자적인 개념이 아닙니다. 다른 제도와 결합해야만 작동 가능합니다. 그러니 계급 문제를 제대로 이해하려면 여성주의적 인식은 필수입니다. 젠더는 이미 계급화된 개념이며('중산층 여성성'), 계급이나 민족은 젠더 구조에 의존하지 않고는 시동이 걸리지 않아요. 그러니 젠더가 중요하냐, 계급이 중요하냐는 식의 질문을 받으면 답하지 마시고 "엥겔스부터 읽으세요."라고 친절을 베푸세요.

여성주의 의식은 중요합니다. 문제는 여성주의에는 반드시 누구의 여성주의인가라는 논쟁이 동반된다는 사실입니다. 성매매가 가장 대표적인 이슈일 것입니다. 여성이나 여성주의자들 사이에서도 이견이 격렬하지요. 이럴 때는 어떤 입장이 여성의 삶에 도움이 되는지부터 판단하기 어렵습니다. 일단, 이 책을 읽으세요. 부제가 아주 정확합니다. "정체성의 정치에서 횡단의 정치로". 페미니즘에 관한 최신 논의이자 고전입니다.

그런데 법을 적용하는 판관도 아닌데 개념이 그리 중요한가요? 원래 개념을 규정하는 것은 권력 아닙니까? 언어는 권력 투쟁의 산물이고 수시로 변합니다. 모든 지식은 임시적이고 임의

적이죠. 사전은 그 과정을 반영할 뿐이고요. 그래서 저는 "~주의자"보다 성실한 인간을 선호합니다.

아, 참 국립국어원은 '남성 페미니스트'를 "여성에게 친절한 남자"라고 했습니다. 맞는 말입니다. 앞에 "예쁜 여성에게만" 붙이면 완벽하네요!

사회주의자 헬렌 켈러

헬렌 켈러 _ 도로시 허먼

헬렌 켈러를 모르는 사람도 드물지만 그가 공산주의자이자 페미니스트였다는 사실을 아는 이들도 드물 것이다. 1880년 미국 앨라배마주 북부 출생, 1968년 사망까지 그녀의 88년 생애는 미국 현대사를 압축한 시기이기도 했다. 1912년은 대통령 선거에서 1백 만의 시민들이 사회주의자 대통령 후보였던 유진 빅터 데브스에게 투표했고 1천 명이 넘는 사회주의자들이 공무원으로 근무하던 시기였다. 헬렌은 볼셰비키 지지자였던 《세계를 뒤흔든 10일》의 저자 존 리드와 아나키스트 에마 골드먼의 친구였다.

헬렌 켈러는 〈뉴욕타임스〉 기자에게 말했다. "나는 전투적 여성 참정권자입니다. 나는 참정권이 사회주의로 가는 길이라고 믿습니다. 내게는 사회주의가 이상을 실현하는 운동입니다." 물론 그는 열렬한 시각장애인 사회복지 운동가이기도 했다. "잔학한 자본가들"에게 맞서 싸우는 노동자 투쟁이 시각장애와 청각장애를 이겨내려는 자신의 투쟁과 비슷하다고 느꼈다.(338~353쪽)

헬렌 켈러를 다룬 책 중에서 가장 실체적 진실에 가깝다고 평가받는 도로시 허먼의 《헬렌 켈러》를 읽으면서 위인전에는 어떤 종류의 '19금'이 필요한가에 대해 생각했다. 어렸을 때 읽은 것과 너무 다르다. 어린이는 세상을 알면 안 되나? 사실 모든 동화의 원작은 잔혹극이다. 위대한 인물은 부정의한 사회와 투쟁한 사람들이다. 그렇다면 헬렌 켈러가 헌신했던 사회운동에 대한 내용은 언급되지 않고, 주류 사회가 인정한 성취만 전달하는 것이 바람직한 교육일까.

'한몸'이었던 설리번 선생님과 관계는 평생 좋기만 했을까. 개인 설리번의 인생은 어땠을까? 헬렌 켈러는 성인(聖人), 사기꾼이라는 이중 평가에 시달렸고 그를 통해 돈을 벌려는 이들도 많았다. 같은 장애인들의 시기와 질투……. 여성으로서 사랑과 결혼에 대한 욕망과 좌절. 여성의 사회 활동 자체가 '돌출'이었던 시대, 그는 장애 여성의 정치적 열정에 관한 대중의 의아함, 호기심을 어떻게 감당했을까.

이 책은 여학생 입학이 금지되었던 하버드대학의 여자 대학에 해당하는 래드클리프 칼리지 시절 2학년 때, 그가 직접 쓴 《헬렌 켈러 자서전》(2009년)과는 사뭇 다르다. 그의 자서전은 앞으로 펼쳐질 인생에 설레는 소녀의 "꺄르르" 웃음소리가 그치지 않는다. 그의 어린 시절, 여행, 설리번 선생님과의 추억, 공부에 대한 열망은 모두 "너무 즐거웠다.", "재미있었다.", "새로운 세계였다."로 서술되었고 실제로도 그랬다. '불굴의 의지로 칠흑 같은 어둠을 이긴 위대한 영혼'이라는 표지 문구는 사실과 다르다.

도로시 허먼이 본 《헬렌 켈러》의 가장 큰 장점은 이렇게 박제된 인식에 대한 교정이자 도전에 있다. 3중 장애 여성은 공산주의자, 페미니스트이면 안 되나? 박제(剝製)는 생각보다 무서운 말이다. '박(剝)'은 벗기다, 깎다, 찢다라는 뜻. 그러니까 아예 다르게 만들어버리겠다는 의지다.

아무것도 안 하는 사람들이 사회적 약자와 그들의 사회운동에 대해 판관 노릇을 자처하며 이러쿵저러쿵하는 경우가 있다. 이 책에도 그런 사람들이 대거 등장한다. 사람들은 헬렌 켈러가 장애운동 외 다른 사회 문제에 관심을 보이는 것을 싫어했고, 자기들이 정해놓은 성스러운 이미지와 도덕 관념으로 그를 '숭배'했다.

헬렌 켈러는 여성, 장애인이기 이전에 열정과 호기심이 넘치는 사람이었다. 매 순간 그렇게 노력하는 인간도 드물 것이다. 생각할 거리가 많아 메모하다가 나중엔 경건한 마음으로 정독했다. 이 책은 진부한 위인전이 아니다.

장애는 인간(몸)의 개념을 규정하는 근본적 인식 범주라는 자각이 필요하다. 장애, 성별, 인종, 성 정체성은 모두 몸에 대한 사회적 해석이다. 전통적으로 페미니즘은 성적 소수자나 노동자 계급과 연대를 강조해 왔다. 하지만 나는 장애인, 노인, 건강 약자와의 연대에 더 관심이 있다.

사족. 남자는 시대를 초월한 같은 인종? 설리번의 남편이었던 좌파 존 메이시는 '뚱뚱해진' 설리번과 헬렌을 지겨워하면서도, 그들이 강연으로 힘들게 번 돈과 굴욕적으로 받은 후원금으로 유럽 여행을 다니면서 자신을 숭배해줄 다른 여성을 찾아다녔다.(369쪽)

죽이는 것은 너무 자비로운 일이다

한 여자의 선택
_ 풀란 데비 · 마리에 테레즈 쿠니 · 폴 람발리

이 책은 실존 인물의 자서전이다. 여성의 삶에 관한 '입문서'가 필요하다면 권하고 싶다. 성차별이 어떻게 계급, 관습, 인간 심리와 연결되어 작동하는지 구체적으로 묘사되어 있다. 다시 말해, 성차가 필연적으로 성차별로 연결되지는 않는다. 다른 억압의 '도움'이 필수적이다. 다만 '문명인'의 관점에서 '인도 천민'의 이야기로 읽는다면, 아무것도 얻지 못할 것이다.

총 523쪽에 걸쳐 천민 소녀 '나, 풀란 데비(Moi, Phoolan Devi)'가 말한다. 한 페이지 건너. "그들이 나를 마구 때렸다.", "그들이 나를 강간했다." 이 여성의 삶이 극단적이라 생각하기 쉽지만, 그런 입장 역시 또 하나의 극단이다. 흔히 "소설보다 더 극적인 현실"이라고 말하는데, 나는 이런 '소설'을 읽지 못했다. 가부장제 사회는 여성의 현실에 대한 상상력이 없다.

학력기가 없어 출생 연도도 정확지 않다. 그는 1958년'즈음'

에 태어났다. 자료에 따라 1957년, 1958년, 1963년으로 되어 있다. 10살에 서른다섯 살 남자에게 팔려 가 학대를 당했고, 16살에 산적에게 납치되어, 산적이 된다. 18살에 산적 두목이 되어 가난한 이들을 돕다가 자신을 강간했던 남성 '중에서' 22명을 살해한다.

1983년 인디라 간디 총리를 상대로 하여 천민 계급과 성폭력 피해 여성의 인권 회복, 동지의 안전을 협상 조건으로 내걸고 자수한다. 54가지 혐의, 11년간 감옥살이(여기까지가 책의 내용). 출소 후 1996년 총선에서 상류 계급인 상대 후보를 압도적 표차로 누르고 국회의원에 당선되었고 노벨평화상 후보로 거론된다. 그러나 2001년 집 앞에서 두 명의 괴한에게 살해당한다. (이후 그들은 탈옥했다.) 그의 삶은 영화 〈밴디트 퀸〉(1994년)으로 제작되어 칸 영화제에서 호평받았다.

1992년, 미국에서 에일린 캐럴 워노스라는 여성이 성 판매 여성들만을 골라 연쇄 살인한 남성 6명을 살해하고 사형 선고를 받은 사건과 대조된다. 여성의 정당방위가 인정되지 않고 여성만 법대로 처리한 경우다.

성폭력과 성 역할은 문화적 규범으로 인식되어 법적 처벌이 어려운 경우가 대부분이다. 여성들은 사적 복수를 꿈꿀 수밖에 없다. 실행하고 성공하는 사례가 많겠는가, 엄두도 못 내고 평생 분노와 우울증으로 살아가는 여성이 많겠는가? 우리도 역사가 있다. 1990년대 초반, 9살 때 자신을 성폭행한 남성을 죽인 여성이 법정에서 "나는 짐승을 죽였어요."라고 외쳤고 현행 성폭력특별법 제정으로 이어졌다. 피해자는 자해를 포함해 어떤 식으로든 복수한다.

인도는 하나의 우주다. 13억 인구, 180종의 언어, 다양한 종교. 60퍼센트가 넘는 문맹률. 브라만, 크샤트리아, 바이샤, 수드라. 네 개의 카스트. 평민 바이샤와 천민 수드라 사이에 다시 2천 개 직업으로 차별이 세분화된다. 카스트에도 속하지 못하는 불가촉천민이 1억 명. 이들 중 국가, 사회, 가족으로부터 학대당하고 "장의사조차 원치 않는" 목숨인 여성은 어떻게 살아야 할까.

스무 살도 안 된 산적 두목, 풀란은 처음에는 자수를 거부한다. 이유는 간단했다. 경찰에게 (또) 강간당할까 봐서였다. 그의 일생은 "머리통이 박살나기 직전까지 강간에 대한 생각뿐인, 사는 이유가 강간인" 부자, 경찰, 불량배, 가족, 지나가는 사람들이 휘두른 폭력의 연속이었다.

그러다가 깨닫는다. "그들이 폭력을 쓰면 나 또한 폭력으로 대응하면 되는 것이다."(213쪽), "이제 내 차례였다. 난생처음으로 나는 나를 때렸던 사람에게 매를 들었다. 나는 점점 더 그를 세게 때렸다. 복수에 대한 갈증이 가라앉을 때까지."(280쪽), "죽여버리는 것은 너무 자비로운 일이었다. 토막 낼 것이다. 오늘 한 토막, 내일 한 토막……."(407쪽)

나의 판타지가 이 책에 있었다. 문제는 사적인 복수가 아니다. 누구나 폭력 앞에 당황한다. 수치심, 무기력, 공포……. 내 고민은 이것이다. 포박된 가해자가 내 앞에 무릎을 꿇고 있다 해도, 나는 울고 겁먹거나 존댓말로 "제게 왜 그러셨어요?" 이럴 것 같다. 최대 치욕이다. 크게 소리지르는 연습부터 필요하다. 비명 말고.

남성 페미니스트

남성 페미니스트 _ 톰 디그비 엮음

남성 페미니스트는 부르주아 출신 마르크스주의자나 백인 인종 차별 반대 운동가처럼 당연히 존재한다. 나와 지인들의 경험을 종합해보면, 우리 사회에는 두 가지 유형의 남성 페미니스트들이 있는 것 같다. 이들 중 대부분은 성별 제도를 구조적인 억압으로 인식하고 일상에서 여성주의를 실천한다. 예를 들어 군대의 남성성에 반대하기 때문에 병역을 거부하는 남성, 결혼 제도가 국가의 복지 정책을 대신하고 있다며 비혼을 고수하는 남성, 시간 배분과 순서에서 가사 노동에 최우선 가치를 부여하는 남성, '작은' 실천이지만 집에서 앉아서 소변을 보는 남성도 있다.

또 다른 이들은 여성주의를 진보나 정치적 올바름의 한 종류로 보고, 자신을 "남성 페미니스트"라고 선언한다. 심한 경우, 자기보다 페미니즘 지식이 없는 여성을 무시하고 자신과 경쟁

관계에 있는 남성을 비판하기 위해 여성주의 '완장'을 이용한다. 이 책에도 나오지만, 페미니스트 여성과 연애하기 위해 여성 우호적인 태도를 보이는 경우도 있다. 최악은 '불성실한 루저'인 자신을 남성 페미니스트로 포장하는 경우다. 이들은 '빈대'를 연대라고 주장하면서, 가부장제 연애 시장의 '틈새'를 파고든다. 고학력 중산층 페미니스트에게 접근해 자신을 "남성다움을 포기한 올바른 인간"으로 고해하고 상대방의 자원(돈, 지식, 섹스, 보살핌……)을 착취한다. 분업('양다리')을 하는 남성도 심심찮다. 돈과 지식은 페미니스트에게서 얻고, 진짜 연애는 '일반 여성'과 한다.

이 책의 제목은 "남성 페미니스트(Men Doing Feminism)". 하지만 나는 남성 페미니스트에 관한 내용이라기보다는 성별(gender)이 얼마나 '골치 아픈' 제도인가를 보여주는 '젠더 트러블'로 읽는다. 전공자들의 좋은 번역이 도와주기는 하지만 '의외로 이론적'인 책이기도 하다. 의학, 인류학, 철학……. 재미있고 풍요로운, 읽는 이에 따라서는 전혀 새로운 지성의 세계가 펼쳐진다.

여학생에게 페미니즘을 가르치는 남성 교수, 남성이 몸과 일상의 한계를 극복하고 페미니즘 사상의 주체가 될 수 있는가의 문제, 여성주의는 남성에게 유리한가, (반대로) 남성은 여성주의에 유리한가, 여성에서 남성으로 성별을 전환한 남성의 정체성 이슈를 담고 있다. 이 과정을 거쳐 성별은 '남녀'라는 한 개의 양성 묶음이 아니라 여러 개(gender/s)라는 자연의 이치를 증명한다. '양성'은 인간을 남녀로만 구분하려는 정치, 태초부터의 권력이다.

나는 특히 헨리 S. 루빈의 '(성전환자) 남성처럼 글 읽기'가 좋았다. 인간의 성이 뭐 그리 대단한 차이라고! 편견과 몰이해라는 강펀치를 매일 맞으며, 사람들에게 수용되기 힘든 인생을 살아가는 외로운 이들의 불면의 밤이 남일 같지 않다.

이 책은 여성주의 입문서인 동시에 고전이다. 나는 그 이상의 애정을 품고 있다. 한국 사회에서 남성이든 여성이든 여성주의자로 살려면, 뇌혈관이 터지기 전에 '성불(成佛)'해야 한다. 24시간 복잡한 현실, 모순의 사유가 기다리고 있다. 최근 자신을 "남성 페미니스트", "게이 페미니스트"라고 주장하는 이들이 늘고 있다. 바람직한 현상이다. 하지만 나는 이들이 '진정한' 페미니스트인가, 아닌가에 관심이 없다. 여성주의와 자신의 관계 맺기가 어디서부터 시작되었는지에 대한 그들의 이야기가 궁금하다. 모든 앎에서 가장 중요한 것은 대상과 인식자의 관계라고 생각하기 때문이다.

"그 묻혀진 질문에 왜 / 내가 비명으로 답해야 하는 걸까 / 내가 더는 존재하지 않는다는 것을 알아 가는 두려움……."(자비에드 빌라루티아, 여성에서 남성으로 전환한 페미니스트, 162쪽) 정의란 무엇인가. 인간 존재의 핵심은 남성다움보다 정의를 더 사랑하는 것이다.(183쪽)

완강한 묵살

가족, 사유재산, 국가의 기원 _ 프리드리히 엥겔스

아베 일본 총리 부부는 자녀가 없다. "다음 총리는 누가 하지?" 동아시아 3국(남북한, 일본)의 정치적, 사회적 세습 체제가 워낙 강고하다 보니, 나도 모르게 이런 황당한 말이 나왔다. 친구가 '걱정' 말라며 고이즈미 전 총리 아들이 준비 중이란다.

가족, 금수저, 흙수저……. 김대중-이회창 후보가 대결한 15대 때부터 18대(박근혜-문재인)에 이르기까지, 가족 제도는 한국의 대통령 선거를 좌우한 핵심 요소였다. 이회창 아들과 사위는 모두 군대에 가지 않았고, 18년간 통치했던 전직 대통령의 딸은 그 사실 때문에 대통령이 되었다. 그러나 나는 아직 이를 분석한 주장을 접하지 못했다.

여성주의는 사회 구성 요소로서 성별 체제(gender system)의 중요성을 주장하는 인식론이다. 어떤 사상에 대한 무지와 무시는, 묵/살(默殺)이라는 두 음절로 요약할 수 있다. 침묵시키고 없애버리는 것.

엥겔스의 《가족, 사유재산, 국가의 기원》은 인류의 문화유산이라 할 만한 고전이다. 그만큼 한계와 비판도 많았지만 마르크스주의에서 가장 '여성 친화적'인 텍스트다. 주요 내용은 채집 사회에서 농경 사회로 이행, 정착, 축적, 부의 탄생, 이성애 가족, 여성에 대한 성적 통제, 부의 세습, 관리 체제로서 국가의 필요이다. 하지만 이 개념들은 이후 엄청난 발전을 이루었기 때문에, 제목 세 단어 중 어디에 집중하느냐에 따라 여러 주제로 읽을 수 있다.

남자들만 나오는 동성 사회성(同性社會性) 젠더 영화 〈내부자들〉에 변호사로 개업한 전직 검사(조승우)의 통화 장면. "간통죄 폐지된 거 몰랐어요? 왜 저한테 이러세요? 그거 제가 없앤 거 아니라니까. 에이!" 나도 많이 듣는 말이다. 일부 사람들은 페미니스트가 간통죄를 폐지한 줄 안다. (헌법재판소의 결정이다.) 일부일처제는 역사상 어느 시대와 장소에서도 실현된 적이 없다. 축첩, 성 구매, 혼외 사랑 따위가 이를 '보완'해 왔다. 남녀 경제력이 천지 차인데, 사랑만 평등한 일부일처가 가능할까. 아직도 간통죄가 가족을 보호한다고 생각하는 분이 있다면 7장을 읽기 권한다("켈트인과 게르만인의 씨족"). 여성주의를 제외하면, 가족 제도에 대해 이만한 끔찍한 비판도 없을 것이다.

문제는 이성애 가족 제도에 대한 엥겔스의 무지였다. 이는 인종, 공간, 언어 이론과 함께 혁명 이론으로서 결정적 오류였고 실제로 실패의 원인이었다. 사랑에 기초한 결혼? 이들은 다른 문제에는 유물론자지만, 유독 성과 사랑은 자연의 법칙이라고 생각한다.(85쪽) 앎은 이해관계다. 몰라도 된다, 이게 기득권이다. 기득권을 적극적으로 행사하는 것이 묵살이다.

엥겔스는 이 책이 영국의 인류학자 루이스 모건의 《고대사회》를 보충하는 차원이라고 여러 차례 강조한다. 아예 책 표지에 "모건의 이론을 바탕으로"라고 적시했다. 그는 당시 독일의 경제학자들이 오랫동안 《자본론》을 맘대로 갖다 쓰고 크게 도움을 받았으면서도 "완강히 묵살"(5쪽)했던 것처럼, 모건의 책도 그런 취급을 받았다고 서문부터 결론까지 내내 울분을 토한다.

책을 다시 읽으면 의외의 구절이 본질처럼 느껴지는 경우가 있다. 책 내용이 널리 알려진 편이라, 나는 엥겔스가 분노한 '묵살'이라는 상황이 흥미로웠다. 남의 것을 훔치고 남의 노동을 착취하고 남의 인생을 망쳐놓았으면서도, 상대를 미워하는 심리. "지배 계급은 자기 죄악을 사랑의 보자기에 싸서 미화하거나 부인한다. 자신은 은인이다. 민중이 저항하면 배은망덕하다고 생각한다."(199쪽) 그들은 자기 죄악을 묵살한다. 몰라서? 뻔뻔해서? 켕겨서? 자존심 때문에?

지배 세력만 그럴까. 마르크스주의자, 페미니스트도 마찬가지다. 모든 지식의 전제는 젠더다. 동시에 여성주의는 이성애 제도, 인종, 계급 문제와 얽혀 있다. 모든 언어는 전제의 전제,

그 전제의 전제가 있다. '지적인 대화'란, 최종 산물(?)인 정보를 교환하는 것이 아니다. 전제들의 가시화와 비가시화를 심사하는 권력의 위치를 추적하는 것이다.

사랑받지 않을 용기

사랑받지 않을 용기 _ 알리스 슈바르처

일반화할 수는 없지만 페미니스트의 일상은 흥미진진하다. 더불어 '저절로' 총명해진다. 성별이 개입된 현실('여성 문제')은 매우 복잡해서 끊임없는 고민을 요구하기 때문이다. 하지만 한국 사회는 생각하는 사람 자체를 싫어하는 데다, 성별 문제를 사소하게 여긴다. 살아남기 위해서는 좋은 동료, 커뮤니티, 《사랑받지 않을 용기》 같은 책이 필수이다.

스트레스와 무임노동도 만만치 않다. 내게 가장 큰 스트레스는 변치 않고 반복되는 질문들. "남자도 차별받아요.", "우리집은 엄마가 왕인데, 성차별 주장은 억지 아닌가요?" 몇 년 전에는 어느 대학원 신문사로부터 "여성도 철학자가 될 수 있다."는 사실을 증명해 달라는 원고를 청탁받은 적도 있다. 나는 친절하게 대응하는 편이다. 여성은 부드럽지 않은 태도만으로도 가해자가 되기 때문이다.

이 책은 해방구. 독일의 유명한 페미니스트이자 우리에게도 널리 알려진 《아주 작은 차이》의 저자 알리스 슈바르처가 성차(性差), 낙태, 모성, 일, 외모, 포르노, 성매매, 종교, 가족, 남성, 사랑까지 사람들이 자주 묻는 주제에 대해 답한 독일판 '대답(Die Antwort)'이다.

"인간은 원래 확정되지 않은 다형적(多形的) 섹슈얼리티를 갖고 있으며(프로이트), 이성애의 정상성은 제도의 결과일 뿐이다."(58쪽), "남자들이 삶을 즐기는 동안 여자들은 칼로리를 계산한다."(128쪽), "시장을 만드는 것은 상품이 아닌 수요(남성)다. 성 판매 여성과는 연대하되, 성매매와는 싸운다."(176쪽), "성폭력범의 4퍼센트만이 모르는 남자다."(킨제이 보고서, 216쪽). 구구절절(句/句/節/節) 성경(性經)이다. 내게 메일로 질문하는 분이 많은데 직접 읽기를 권한다.

이 책에 대한 나의 관심은 우리말 제목이다. 《사랑받지 않을 용기》. "자기 비하를 그만두고 다른 여성을 존중하자. 남성 사회에서 사랑받지 않을 용기를 내자."(245쪽). 몇 년 전 가장 많이 팔린 책이 일본인 저자의 《미움받을 용기》라는데, 읽지는 않았지만 지금 우리 사회에 절박한 '구호'라고 생각한다.

이성애가 사랑의 의미를 독점하고 있지만 사랑의 범위가 넓다는 것을 우리는 잘 알고 있고 또 원하고 있다. 친밀감, 유대, 인정받음, 수용됨, 섹스, 우정, 보살핌, 관심, 격려……. 이들은 영혼의 수액, 생명의 필수 요소다. 하지만 부모 자녀 간에도 사랑은 저절로 주어지는 법이 없다. 어른은 책임을 다할 뿐이다.

누구나 사랑받기 위해 노력한다. 자기 파괴조차 마다하지 않는다. 사랑받으려는 노력은 삶의 동력이지만 어느 지점부터 다른 길을 간다. 타인에게 인정받고 싶은 욕구는 자기 발전의 에너지가 되지만, 지나치면 비굴하거나 부정의한 사람이 되기 쉽다.

이 문제는 여성에게 아주 복잡하다. 가부장제는 남성에게 여성을 보호(사랑)할 가치가 있는가 그렇지 않은가를 분류하는 권한을 부여한 인류 최악이자 최고(最古)의 노예제다.

여성에게 사랑은 정치경제학이다. 성원권, 생존의 문제다. 사랑받기 위한 여성들의 노력은 눈물겹다. 동시에 분열적일 수밖에 없다. '그들'의 요구가 지나칠 때, 분노의 순간이 반드시 찾아온다. 실은, 자주 온다. 자기도 모르게 정의감이 생긴다. 용기가 필요하다. 그러니 평소에 외롭지 않을 능력, 자원, 자기 언어를 준비해 두어야 한다. 이 과정이 여성운동이다.

'사랑받는 페미니스트'는 가능하다. 앎이 사랑을 가져온다. 노력한다고 해서 사랑이 보장되는 것도 아니기 때문에 애쓰지 않아도 된다. 가부장제 사회가 정말 착한 여자를 사랑할까? 예쁘고 똑똑하고 돈 잘 벌고 말 없고? 그렇지 않다. 본질은 이중 메시지로 여자를 미치게 하는 것이다. 착한 여자도 욕먹고, 착한 여자 콤플렉스에 걸린 여자도 욕먹는다.

가장 중요한 사실. '사랑받지 않을 용기'에서 생략된 말이 있다. 누구에게 사랑받을 것인가. 권력이 아니라 나에게 사랑받으면 된다. 권력은 비겁해서 넘어뜨릴 수 있는 사람만 건드리는 법이다.

임신 중 구타가 유아 사망의 주원인

가정 폭력의 허상과 실상 _ 리처드 겔즈

2016년 미국의 아카데미 영화제에서 내게 인상적인 장면은 조 바이든 전 부통령의 등장이었다. 그는 대학 내 성폭력 사건을 다룬 다큐멘터리 영화를 소개했다. 가장 대중적이고 공식적인 자리에서 국가 최고위 지도자가 "강간(rape culture) 근절"을 호소하는 모습은, 그런 단어조차 공식적 자리에서 잘못 '발음'하는 우리 사회와 비교하지 않을 수 없었다.

성폭력, 가정 폭력(정확한 표현은 '아내에 대한 폭력')은 가장 오래된 인류 역사다. 가장 광범위하고 빈번하게 행해지지만 언제나 사소한 문제로 취급된다. 이 책 《가정 폭력의 허상과 실상》(원제 Intimate Violence in Families, 1997년)은 가정 폭력의 실태에 집중하고 있어서 여성뿐 아니라 노인, 아동, 동성애 가족까지 구성원 전체를 다룬다. 저자 리처드 겔즈는 '평범한' 남성 사회학자였는데 가정 폭력을 연구하다가 '과격한' 페미니스트가 되었다.

나는 가정 폭력 피해 여성을 돕는 단체에서 상근자로 일하다가 '가정 내 성 역할과 인권'을 주제로 석사 논문을 썼다. 당시 겪은 일들이 지금의 나를 만들었다고 해도 과언이 아니다. 일단, 나는 미국의 자료에 압도당했다. 1960 · 1970년대 래디컬 페미니즘 운동의 산물이다. 여기서 첫 번째 좌절. 가정 폭력의 심각성은 피해 당사자도, 듣는 사람도 믿기가 어려워 면담 과정이 쉽지 않다. 피해 여성은 경험한 자아와 말하는 자아의 격차(누가 내 말을 믿을까?) 때문에 스스로 자아를 조절한다. 청자에 따라 선택적으로 말하는 것이다.

나도 그랬다. 나도 믿기지 않는 이야기를 타인에게 어떻게 설득할까. 사람들이 믿지 않을까 봐 경미한 사례만 간략하게 인용하고 분석에 집중했다. 그러나 많은 이들이 "과장이 심하다.", "〈주부생활〉 표절한 거 아니냐."는 독후감을 말할 때 두 번째 좌절이 왔다. "어머니가 맞고 사시냐.", "매 맞는 남편도 있다.", "폭력 가정은 극소수다."처럼 여기 다 적을 수 없는 내용이 세 번째 좌절이다. 왜 여성의 경험을, 말을, 생각을 믿지 않을까.

연구자가 남성이라면, 피해자가 남성이라면 이런 모욕을 당했을까. 나는 평생 이런 소리를 들으면서도 '여성학 생존자'가 될 수 있을까. 가부장제 사회에서 여성에 대한 폭력은 인식 영역 밖에 있기 때문에 겪은 사람을 포함해서 '아무도 모른다'. 지식과 권력의 관계를 보여주는 좋은 예가 아닐 수 없다. 여성주의 지식은 새로운 지식이지만 곧바로 통념으로 전락한다. 학문의 자유는 그 직전까지만 필요할 뿐이다.

이 책에 수시로 등장하는 리처드 겔즈, 머레이 스트라우스, 러셀 도바시와 레베카 도바시의 연구는 미국 사회에서 권위를 인정받지만 그들의 고민도 비슷하다. "강도, 교통사고로 응급실에서 치료받는 여성보다 구타로 인한 상해로 치료받는 여성이 더 많다. 지난 5년간 가정 폭력으로 사망한 여성의 수는 베트남전에서 사망한 여성의 수와 맞먹는다. 1938년 창립된 미국 '소아마비 구호 모금 운동본부(March of Dimes, 누구나 적은 돈으로 참여할 수 있다는 의미)'는 임신 중 구타가 선천성 기형과 유아 사망의 주원인이라고 보고하고 있다. 우리의 고민은 이런 숫자들은 축소 보고된다는 사실만 알려졌을 뿐 출처를 제시하기 힘든, 옹호 자료(advocacy statistics)라는 사실이다."(12, 13쪽)

정확한 통계에 근거한 대책? 이는 인과관계가 뒤바뀐 사고다. 문제가 아니라고 보니까 조사 연구를 하지 않는 것이고, 그래서 통계가 부실한 것이다. 원래 사실은 의제 설정 과정의 산물일 뿐, 그 자체로 존재할 수 없다. 학문의 자유? 여성 폭력에 관한 한, 자유(=가부장적 통념)보다 학문의 발전(=기본 인식)이 전제되어야 한다.

나는 간혹 중얼거린다. "안다면 그렇게 말할 수 없다, 모르면 가만 있어, 하긴 인간은 자기가 무엇을 모르는지 모르는 존재지." 완전 범죄는 가능하다. 범인이 완벽해서가 아니라 피해자가 보이지 않을 때다. 사회적 약자가 구타당하면 그렇다.

성폭력 가해자의 실명

한국여성인권운동사 _ 한국여성의전화연합 엮음

대학 시절 내내 대자보를 썼다. 6년 만에 학교를 졸업한 후 그 다음 날 여성 단체에 취직했다. 출근하자마자 또 대자보와 시위용 피켓, 플래카드를 만들어야 했다. 1992년 2월, '성폭력 특별법' 제정 운동이 한창이었을 때다.

사실 이 법은 제정될 필요가 '없었다'. 그 전에도 법은 있었다('정조에 관한 죄'). 성폭력은 법적 근거가 없어서 처벌되지 않는 범죄가 아니다. 여성과 남성의 성에 대한 극단적 차별이 법 위에 군림하는 한, 여성에게 세상은 무법천지다.

법무부 산하 한국형사정책연구원 보고에 따르면, 여전히 성폭력 신고율은 2~6퍼센트에 불과하다. 최근 보고는 아니지만 성폭력 신고율이 낮은 것은 세계 공통이다. 낮은 신고율, 그보다 더 어림없는 기소율, 더 어려운 유죄 판결률을 고려하면 실제 성폭력 발생이 처벌로 연결되는 비율은 소수점 한참 이하다.

집단 성폭행이나 유아 성폭행처럼 논란의 여지가 없어 보이는 성폭력조차 제대로 처벌받지 않는다.

2016년 아카데미 영화제 작품상을 받은 〈스포트라이트〉는 성직자의 어린이 성폭력 실화를 다룬다. 성폭력은 사법 체계가 아니라 기자, 지역사회, 피해자가 수사해야 하는 일임을 새삼 일깨워주었다. 왜 국가가 당연히 해야 할 일을 피해자와 '엄청난 사명감을 품은 특별한 사람들'이 나서야 하는가? 그 이유는 성폭력 사법 처리 과정이 다음과 같은 전형을 밟기 때문이다. 피해자가 어렵게 신고하면 기소 단계에서 기각되거나 판결 단계에서 무죄가 된다. 그 다음 순서, 피해자는 비난과 위협에 시달리고 가해자는 피해자를 무고와 명예훼손으로 고소한다. 피해자가 가해자, 용의자가 되는 것이다.

피해자에게 가장 큰 좌절을 주는 성폭력 사례는 성직자, 의사, 교사, 상담가, 법조인처럼 특수 직업 종사자, 즉 가해자가 시민 보호 업무를 맡는 직종인 경우다. 이 영역은 철벽이다. 숨겨진 범죄, 처벌받지 않는 범죄, 피해가 2차, 3차로 이어지는 범죄. 내가 피해자라면 평생 분노와 우울증에 시달리느니, '자객(刺客)'이 되겠다. (실제 권투를 배운 적도 있다.)

당신이라면 어떻게 하겠는가. 그나마 희망이 있다면, 실명 공개다. 가해자들은 성폭력을 범죄가 아니라 도덕적 흠으로 생각하기 때문에 실명 공개를 가장 두려워한다. 그러나 이제까지 사회가 파헤친 것은 '~사건'처럼 가해자가 아니라 피해자의 이름이었다.

정치인이나 신창원 같은 유명 범죄 용의자의 경우 유죄 확정 전이라도 신상이 공개되는 경우가 흔하다. 성폭력은 생물학적 욕구가 아니라 성별 권력 관계 때문에 발생하는 범죄다. 실명 공개는 전자 팔찌, 화학적 거세보다 훨씬 효과적이다.

미국의 메건 법(Megan's Law)은 성범죄와 관련하여 기소된 적이 있는 사람의 이름은 물론 나이, 주소, 전화번호, 사진, 직장, 자동차 번호까지 공개한다. 1994년 뉴저지주에서 일어난 7세 여아 성폭행 살해 사건을 계기로 제정되었다. 메건은 그 소녀의 이름이다. 1996년 연방 법률로 제정된 이후 미국 전역에 적용되고 있다. 인터넷과 전화로 누구나 성범죄자의 정보를 열람할 수 있다.

오늘의 책 《한국여성인권운동사》는 '이 글'의 1980년대부터 1990년대까지 버전이다. 여성에 대한 폭력 현실, 치열한 투쟁, 쟁점도 그대로다. 일본어로도 번역되었고 여성운동 서적으로는 드물게, 출간된 지 20여 년이 흐른 지금까지 팔리고 있다.

잠재적 가해자?

포르노그래피 _ 안드레아 드워킨

'군 위안부' 운동에도 참여한 세계적인 인권 운동가 샬럿 번치 미국 럿거스대학 교수는, 사회가 성차별과 여성 살인(femi/cide)을 당연시하는 이유는 "너무 많아서 손댈 수 없기 때문"이라고 말한 적이 있다. 어이없지만 현실적인 발언이다.

피해자는 여성의 성 역할 중 하나다. 사람들은 자연스럽게 생각하거나 지나치게 놀라는데, 실상 원인은 같다. 비슷한 맥락에서 나는 서울 강남역 사건이 '낯설었다'. 매일, 아니 몇 분마다 일어나는 일을 몰랐단 말인가. 성차별은 가장 광범위하고 심각한 문제지만 너무 만연해서 정치로 간주되지 않는 특이한 정치학이다.

개그맨 장동민의 "여자들 머리 멍청", "참을 수 없는 처녀 아닌 여자" 같은 발언부터 강남역 살인까지 공통점은 무엇일까. 수천 년간 일상 문화였던 여성 혐오(misogyny)가 여성들의 대응으로 갑자기 뉴스가 되었다는 점이다. 여성 혐오는 인류 문명의 가장 강력하고 독자적인 문화적 기반이다. '인종 역할', '계급 역할'이라는 단어는 없다. 그러나 성 역할(gender role)이란 말이 널리 쓰이는 것은 성차별이 부정의가 아니라 지켜야 할 규범으로 여겨지기 때문이다.

차별은 심한데 인식이 낮은 사회에서는 가해자가 피해자가 된다. 남성의 자연스런 일상이 여성에게는 모욕, 차별, 생명 위협이다. 남성은 자신의 행동에 대응하는 여성의 목소리를 '행복권 침해'로 생각하고 증오와 피해의식을 느끼기 쉽다.

얼마 전 남자 동창이 여성의 고시 합격률에 불편한 심정을 토로하기에, "너는 오바마가 목화 농장에서 일하지 않는 게 불만이겠구나, 세상이 변한 게 아니라 네가 안 변한 거야."라고 말하는 바람에 나는 '가해자'가 되었다. 인권, 평등, 사회 의식 전반에서 남성들의 문화 지체 현상은 '국가 경쟁력'은 물론이고 개인 차원에서도 경쟁력을 잃은 지 오래다. 저출산(비혼 여성 증가)이 대표적 결과다.

사실 나를 가장 놀라게 한 사건은 "나도 잠재적 가해자입니다."라는 '운동'이다. 잠재적 가해자라니? 남성이 잠재적 가해자라면, 여성의 현실적, 현재적, 일상적 피해는 누가 저지른 일이란 말인가. 물론 '선의'겠지만 무지에서 나온 선의는 지배 세력의 관용과 성찰로 둔갑하기 쉽다. 사회적 모순에 '잠재'라는 말은 있을 수 없다. 빈부 격차를 '잠재적'이라고 하는가? 지역 차별, 장애인 차별도 일상적이고 노골적이지 잠재되어 있지 않다. 성차별은 더욱 그렇다. 따라서 "나는 잠재적 가해자입니다."는 "나는 성차별 구조에서 가해자의 위치에 있습니다."로 바꿔야 한다.

1970년대를 풍미했던 서구의 급진주의(radical) 페미니즘 사상은 급진적(急進的)이라기보다 발본적(拔本的)이라는 뜻이다. 이 사상은 사적 영역, 개인의 문제로 치부되었던 여성에 대한 폭력을 정치적 문제라고 주장하면서 공/사 영역 분리 이데올로기를 비판했다. 가부장제의 근본 뿌리를 이론화했다는 뜻이다. 이후 본질주의라는 비판을 받긴 했지만 급진주의 페미니즘을 건너뛰고서는 여성의 삶을 이해할 수 없다. 남성이 여성의 몸을 통제하고, 지배하고, 착취한다는 사실이 이들의 노력으로 증명되었다. 성 역할, 이성애, 결혼 제도, 성/인신매매, 성폭력, 살인(femicide)의 연속선이 밝혀진 것이다.

급진주의 페미니즘의 대표작 안드레아 드워킨의 《포르노그래피-여자를 소유하는 남자들》은 과소평가된 고전이다. 이 책은 '잠재적 가해=일상적 폭력'의 내용과 구조와 역사를 파헤친다. 서양사의 재해석이라는 점에서 《제2의 성》에 비견할 만하다. 내가 처음 여성학을 공부할 때 외워버린 책이다.

지배하는 치유자

프로이트 심리학 비판
_ 헤르베르트 마르쿠제 · 에리히 프롬

말을 섞는 것은 살을 섞는 것보다 관능적인 행위다. 내가 자주 하는 말이다. 나는 섹스보다 대화가 더 심각한 인간관계라고 생각한다. 말이 통한 다음에 올 천국과 파국을 알기에, 되도록 사람을 가까이하지 않는다. 그 반대의 경우도 마찬가지다. 말이 안 통하는 사람과 엮이는 것만큼 재앙도 없다. 말은 물질이다. 말 한마디는 빚만 갚는 것이 아니라 사람을 살게 한다. 나는 예전에 이송희일 감독의 "우린 친구가 없으면 끝이잖아."와 서울인권영화제 표어였던 "나는 오류입니까?"로 몇 달 버틸 양식을 구했다.

페미니스트를 제외하면, 내가 가장 좋아하는 사상가는 프로이트이고 가장 빼어난 이론은 정신분석이라고 생각한다. 사유의 독창성, 이론 내부의 자기 배반적 질문들, 모순을 지나치지 않는 집요함, 모든 이분법의 해체……. 특히 그 성실성! 푸코나

라캉의 저작 중에는 강의록이 많다. 그러나 프로이트가 '쓴 것'을 보라. (《내가 쓴 것(What I Have Written)》이라는 프로이트적인 영화도 있다.)

프로이트가 해체한 이분법 중에서 가장 강력한 인식론은 말의 유물론이다. 상담 치료(talking cure, 담화 요법)는 약물이나 수술이 아닌 언어로 육체의 고통을 없애거나 경감한다. 상담자와 내담자('분석자와 피분석자')는 대화를 나누는 동안('정신분석 치료를 받는 동안') 강한 유대 관계를 형성한다. 그 관계는 앞서 말한 대화처럼 사랑과 찬미, 집착, 증오, 반발, 도전이 뒤섞인 것일 수밖에 없다.

물론 이 과정은 상담가의 자질이라기보다는 대화(분석) 상황 그 자체에서 나오는 것이다. 상담자는 이 사실을 잊어서는 안 된다. 내담자는 상담자에게서 자신의 고통스러운 인간관계를 대리 체험하게 되는데, 이 과정이 그 유명한 정신분석의 핵심 개념인 전이(轉移, transference)다. 전이의 발견과 분석은 의사로서, 사상가로서 프로이트의 뛰어난 면모를 보여준다. 그러나 내담자의 어린 시절에 집중함으로써 전이는 부모와의 관계가 전부처럼 여겨졌고 내담자는 유아화되었다. 전이는 치료의 중간 단계다. 분석자는 피분석자의 감정을 거절해야 하고 피분석자는 현실로 돌아와야 한다.

헤르베르트 마르쿠제와 에리히 프롬은 프로이트 이론의 명암을 분석한다. 두 사람 모두 명석한 정신분석학자이기에 프로이트의 이론을 확장하면서도 누수(漏水)를 정확히 짚어낸다. 마르쿠제는 '사회적 전이', 즉 무력한 개인들이 권위적인 지도자를 원하는 현상을 비판한다.(207~213쪽) '악'이 판치는 사회일수록 등장하는 자칭 구원자, 치유자, 멘토들을 조심해야 한다. 지금 한국 사회도 이들의 전성기다. 히틀러나 드골의 카리스마에 대한 대중의 맹목적인 두려움과 숭배와 애정은 현대 사회에서 흔한 일이다. 트럼프 현상은 가장 쉬운 예이면서, 메시아의 질이 현격히 떨어지고 있음을 보여준다.

마르쿠제는 전이가 분석자의 직업병을 조장하는 요인이라고 비판한다. 이들은 고통에 시달리는 이들로부터 직업상의 애정과 절박한 믿음을 경험함으로써 나르시시즘에 빠지기 쉽다. 게다가 대개 분석자는 남성, 피분석자는 여성으로 성별화되어 있다. 이때 전형적인 남녀 관계, 상담에서는 최악의 인간관계로 전락하게 된다. 성폭력 가해자들 중에는 이 '달콤함' 때문에 처음부터 아예 힐링 방면의 직업을 선택하는 이들도 있다.

여성신학의 선구자 메리 데일리는 여성주의 의식이 없는 상담자(therapist)는 폭력범(the/rapist)이라고 썼다. 여성 내담자의 취약성을 이용해 지속적으로 성, 금품, 감정을 갈취하는 이들의 행동을 멈추게 하는 방법이 없을까.

네가 나야

강남역 10번 출구, 1004개의 포스트잇
_〈경향신문〉 사회부 사건팀

대개 서울의 지하철 강남역을 '강남 문화'의 메카로 생각하지만 다른 모습도 있다. 강남역은, 서울에 살면서 '○○캠퍼스'에 다니는 대학생과 '위성 도시'에 살면서 서울로 출퇴근하는 직장인이 광역버스로 갈아타는 번잡한 곳이다. 어느 네티즌의 표현대로, '마이너리티'의 거리이기도 하다. 그곳에 '된장녀'는 없다.

지난 2016년 5월 17일, 강남역 인근 남녀 공용 화장실에서 일어난 여성 증오 살인. 이 책의 저자는 강남역 10번 출구에 추모의 포스트잇을 붙였던 시민들이다. 〈경향신문〉 사회부 기자들은 비가 온다는 소식을 듣고 현장으로 달려가 포스트잇 1004개를 일일이 촬영하고 채록했다. 인세 전액은 전국의 공공도서관에 책으로 다시 기부되고 전자책은 무료 배포된다.

이 책은 한국 사회에 두 가지 희망을 주었다. 아직 언론/출판의 사명이 남아 있으며, 여성의 역사를 보존하자는 개념이 등장했다는 점이다. '군 위안부' 경우처럼 생존자의 증언이 역사의 유일한 증거가 될 때, 가해자는 그들이 죽기만을 기다린다. 하지만 이 책은—비록 '그 여성'은 23세에 희생되었지만—사라질 역사를 붙잡은 든든한 첫 발자국이다.

나는 이 책을 아들을 키우는 부모, 여성으로서 어떻게 살아야 할까를 고민하는 여성, 페미니스트, 특히 여성학을 가르치는 사람들이 꼭 읽었으면 한다. 나는 포스트잇을 읽고 '놀랐다'는 사실을 고백한다. 이들에게 여성주의를 '가르칠' 사람은 없다. 20·30대가 대부분인 이들은 이미 여성의 현실과 여성주의적 사유를 체현하고 있었다.

"네가 나야(원문은 "너가 나야").", "또 다른 내가 죽은 세월호, 강남역. 우리가 살아남을 곳이 한국에 있을까?"(170쪽) 이 말에는 성차별, 연대, 한국 사회가 압축되어 있다. "사람들에게 무시당해도 여자에겐 무시당할 수 없었던 남자.", "혐오가 살인을 만들었는데 왜 혐오에 대한 합의 없이 추모를 방해합니까?", "오늘도 억지로 '남장'을 해서 살아남았다(당신을 기억하는 트랜스 여성이)."……

"당신을 보러 대전에서 왔어요, 다시는 이런 일이 없기를.", "남자에게 보호받고 싶지 않습니다. 남자 없이도 안전하고 싶을 뿐이에요.", "(남성을) 범죄자로 일반화하지 말라고? 여자는 이미 '피해자'로 일반화됐다!", "칼끝이 향한 곳이 분명한데 어떻게 눈먼 칼이라고 부를 수 있을까요?", "1994년 출생 성비 116. 셋째 성비 200 이상. 태어난 것만으로도 '살아남은' 세대. 얼마나 더 '살아남아야' 하나요?", "어떤 말도 하고 싶지 않다."……

여성의 처지는 같지 않다. 수많은 차이가 있다. 계급, 인종, 나이, 성 정체성, 지역, 장애……. 이것은 단순한 다름이 아니라 적대적 모순 관계다. 그러나 이런 차이를 여성으로 일반화해 버릴 수 있는 권력이 가부장제다. 여성이 개인이 될 수 없는 이유다. 남성은 자신의 필요와 욕구를 중심으로 삼아 여성의 가치를 정의해 왔다. 여성은 남성의 산물이다. '개인 남성'이 '전체 여성'을 지배할 수 있다는 자신감은 이 때문이다.

여성이라는 '작은' 공통분모 하나 때문에 일상과 목숨을 잃는 세상에서, 여성은 일시적으로 "너는 나다."라는 정체성의 정치를 주장한다. 여성의 저항은 그 자체로 보편적인 사회 정의다. 이들의 목소리가 가시화되면 여성의 복종으로 성립되어 온 가부장제는 이전과 같을 수 없다.

차별은 일상이고 살인은 극단인가? 그렇지 않다. 여성 살해는 일상의 연결이자 수순이다. 성소수자나 '흑인'의 경우와 같다. 가해자는 피해자의 포기를 해결책으로 삼는다. 하지만 나를 비롯해 피해 여성들이 지칠 것이라는 착각은 접는 것이 좋을 것이다. 포스트잇의 가장 많은 내용은 "잊지 않겠다."였다.

남성성이 무슨 말인지 모르겠다고요?

하나이지 않은 성 _ 뤼스 이리가레

김효정 감독의 여성 성기 제거를 다룬 영화, 〈소녀와 여자〉를 보았다. 아프리카와 중동 일부 지역에서 매년 3백만 명 이상의 소녀들에게 행해지는 폭력으로서 여성 할례(circumcision), 음핵 제거(clitoridectomy)라고도 한다. 사티(sati), 황산 테러, 지참금 살인, 명예 살인, 신부 불태우기까지 유형은 다르지만 사회마다 여성 신체 훼손, 살인 문화가 있다. 한국은 아내 폭력과 여아 낙태, 성매매가 유명했으나 최근에는 성형수술이 국제적 명성을 떨치고 있다고 한다. 영미권에서 제작한 여성 할례 영상을 많이 보았는데 이번 다큐가 가장 좋았다. 아름답고 강인한 작품이다. 관람을 권한다.

강남역 사건은 여성에 대한 비하가 살인으로 드러난 흔한 일이다. 나는 이번 사건이 젠더라는 독자적 모순으로 다루어져야 한다고 생각한다. 미소지니(여성에 대한 혐오)는 다른 약자 혐오와는 역사와 성격이 다르다. 이는 성차별의 가시화를 위해 중요한 문제다. 이 사건을 여러 혐오 현상 중의 하나로 인식하는 것은 바람직하지 않다. 여성에 대한 폭력은 남성(아버지)들 간의 자존심, 자원, 욕망을 둘러싼 갈등을 여성의 몸에 실현하는 체계화된 사회 시스템이다.

문제는 남녀 대립적 사고방식이다. 오로지 여성이라는 이유로 사람이 죽었고, 여성들은 두려움을 표현했다. 그런데 우리 사회는 이를 "남성에 대한 혐오"라고 한다. 무슨 대책이 가능하겠는가? 이러한 현상은 극한의 성차별이기도 하지만 한국 사회의 지적 수준을 반영한다. 적반하장(賊反荷杖)이 더 분한 법. '남성 혐오'는 여성에 대한 비하보다 나를 더 공포에 떨게 했다.

심란한 이 시기에 뤼스 이리가레의 《하나이지 않은 성》만큼 적절한 책이 있을까. 인간의 성은 하나(남성)가 아니라는 것이다(This Sex Which is Not One). 이 책은 정신분석학과 정신분석 페미니즘의 대표적인 고전이다. 이리가레의 전략은 기존 정신분석의 틀 안에서 그들의 이론을 반사(反射)하는 주체가 되자는 것이다. 유명한 거울 이론의 등장이다. 이때 이제까지 스스로 태양이었던 남자들은 눈이 멀게 될 것이다.

세상에는 단 하나의 성, 하나의 언어만 존재한다. 이리가레는 말한다. "나는 남성-여성의 대립을 이해할 수 없습니다. 남성성이 무슨 말인지 모르겠다고요? 당연하지요. 그것 말고 다른 것은 전혀 없으니까요."(184쪽, 필자가 윤문함) 이 말은 내가 종종

받는 질문과 비슷하다. "바람직한 여성다움이란 무엇일까요?", "글쎄요. 제가 알기론 '여성'은 없는데 여성성이 있다는 발상이 문제 아닐까요?"

여성의 언어는 없다. 남성 사회의 전략은 여성을 폐쇄 회로에 가두어 정신병자로 만드는 것이다. 여성이 생존하려면 낯설고 애매모호한 액체의 형태로 남성 경제(paradigm)에서 빠져나와야 한다. "울지 말아라. 우리 스스로 말할 수 있는 날이 올 것이다. 우리의 언어는 완전한 액체인 우리의 눈물보다 훨씬 아름다울 것이다."(287쪽)

성폭력 가해자를 면담하다 보면 직업, 학력, 나이를 불문하고 똑같은 억울함을 호소한다. "(남들 다 하는데) 나만 걸려서 억울하다.", "여자가 원했다."는 피해의식이다. 전자는 성폭력이 일상 범죄임을 스스로 증명하는 것이고, 후자는 더 심각하다. 폭력 상황에서는 어떤 인간도 가만히 있지 않는다. 그런데 유독 여성은 그 어떤 대응이라도 '동의'로 간주된다. 여성은 시체처럼 움직이지 않아야 정상이라는 의미다. 이것이 가부장제 사회의 네크로필리아(necrophilia, 시체 성애)다.

요지는 백인 남성의 언어가 인류의 유일한 언어라는 사실이고, 결핍을 결핍한 이들은 절대로 자신을 알 수 없다는 것이다. 자신의 위치, 자기 행동의 의미를 모르는 사람을 '괴물'이라 부르지만 이조차 과분한 '상징계'다.

누구 말을 믿어야 할지 모르겠어요

가스등 이펙트 _ 로빈 스턴

잉그리드 버그먼과 샤를 부아예 주연의 1944년작 영화 〈가스등(Gaslight)〉은 어떤 인식론과 접속해도 의미 만점의 텍스트다. 원작은 극작가 패트릭 해밀턴의 2인 희곡인데 영화는 배우 조지프 코튼과 앤절라 랜즈베리를 등장시켜 '제3자'라는 사회의 역할을 강조한다.

내용은 간단하다. 아내의 유산을 노리는 남편이 가스등을 조작하여 깜빡이게 하고, 아내는 자신이 본 가스등과 믿어주지 않는 남편 사이에서 혼란을 느낀다. 아내는 남편의 의도대로 정신병자가 되어 가지만 결국 자기가 본 것을 믿는다.

이 영화는 본 것과 들은 것의 차이, 사회적 약자의 경험을 억압하는 이데올로기, 거짓에 의문을 제기하는 사람을 정신병자로 만드는 장치, 인식 과정의 성별 정치학과 사회성, 자신만의 언어는 어떻게 획득 가능한가 등 수많은 이슈를 제공한다.

미국의 여성 심리상담가 로빈 스턴은 이 영화를 소재로 쓴 책, 《가스등 이펙트》를 통해 가부장제 사회에서 여성들의 인식론적 곤경을 '가스등 효과'라고 명명했다. "그의 말이 맞을지도 몰라."(133쪽)라고 방황하는 여성들에게 저자는 "옳고 그름 대신 본인의 느낌에 초점을 맞추라."(300쪽)고 조언한다.

이 책은 자신의 인식을 부정하는 사회에 살면서도 바로 그 사회의 주인인 남성의 사랑과 인정을 갈구하는 여성들의 '실패'를 분석한다. 여성으로 대표되는 지배 언어에서 배제된 타자들은 자신의 경험과 느낌과 감정을 인정하는 데 익숙하지 않다. '허위의식', '지배 이데올로기', '세뇌' 로 불리는 상태에서 끊임없이 갈등한다. 여성학 시간 강사로서 가장 좌절스러운 순간은, 여학생들이 내 강의와 남자친구의 분노 사이에서 괴로워하다가 수업을 철회할 때다. (남학생은 계속 수업을 듣는다.) 반대로 어떤 여성들은 내 말이 너무 당연하다며 더 확신에 찬 언어를 요구한다.

인류의 역사를 요약한다면, 강자(백인 남성)의 경험과 기존 언어는 일치하는데 '그 외' 사람들의 삶과 언어는 불일치한다는 것이다. 이것이 세계사다. 약자는 자기 언어가 없는 사람이다. '저들의 말'은 자본, 권위, 미디어인 데다 논리적이고 세련되어 보이지만 '내 말'에는 이 모든 자원이 없다. 강자의 언어는 지당하신 말씀이거나 사익을 대변하는 선전에 불과하지만 세상은 그들의 언어로 돌아간다. 약자에게는 침묵 혹은 '적'의 언어로 사회를 설득하라는 불가능한 임무가 주어진다.

아마도 이 시대 대표적인 진실 게임 중 하나는 "그날 침몰하는 세월호 안에서 어떤 일이 있었는지에 대해 누구의 말을 믿을 것인가?"일 것이다. 우리는 매일 "누가 돈을 받았는가, 누가 진짜 피해자인가, '몸통'은 누구인가……"를 두고 가스등을 켜대는 세력에게 시달린다.

아무도 믿을 수 없을 때는 미칠 것 같다. 권력자의 말은 객관적인 사실이고 민초의 말은 주관적인 피해의식으로 간주된다. 이때 약자의 무기는 단 하나. 자신을 신뢰하고 기존 언어를 의심하는 것이다. 그 과정은 중얼거림과 산만함, '비논리적'으로 보일지 모르지만 새롭다. 세상만사, 독창성이 선이고 진부함이 악인 이유다.

시인이자 여성주의 사상가 에이드리엔 리치는 영화 〈가스등〉에 대해 다음과 같이 썼다. "수 세기 동안 여성은 남성 사회가 켠 가스등 때문에 자신의 경험과 직관을 부정당해 왔다. '미친 여자'는 오로지 남성의 경험에 의해 판정되었다. 우리의 몸과 마음이 바로 우리 자신에게 미스터리였다니! 이제 우리는 스스로를 보살필 의무가 있다. 여성의 인식과 자신감을 믿자, 서로에게 가스등을 켜지 말자."

백인 남성 노동자 계급

교육현장과 계급재생산 _ 폴 윌리스

트럼프의 등장과 브렉시트의 '주도' 세력인 백인 남성 노동자 계급. 지구촌의 뉴스 메이커다. 문제는 이들이 '바람직한' 사회 변화의 동력이 아니라, 사실은 언제나 그 반대였다는 사실이다. 백인 남성 노동자, 우리나라로 치면 '경상도 정규직 남성 노동자'쯤 될까.

폴 윌리스의 《교육현장과 계급재생산》은 위 사건들에 대해 〈한겨레〉가 인용한 학자들의 분석, 즉 "자본가의 대처 능력 상실", "브렉시트에 찬성한 노동계급에게 동의하지 않더라도 모욕하지는 말아야"와 정반대 입장을 취한다. 이 책은 1977년에 출판되었고 1989년에 번역되었는데, 1980년대 한국 사회 상황을 고려할 때 이런 책이 출간되었다는 사실이 놀랍다. 내가 갖고 있는 1989년판은 절판되었고 재출간된 《학교와 계급재생산》(이매진, 2004년)을 권한다.

이 책은 자본주의 사회의 성차별적 문화 권력과 이데올로기의 힘에 관한 고전이자 현지 조사 연구 방법의 모범으로도 유명한 걸작이다. 부제이자 요지인 "노동자 자녀들이 노동자가 되기까지(How Working Class Kids Get Working Class Jobs)"는 요즘 말하는 '흙수저 대물림'을 의미하는 말이 아니다. 계층 이동이 불가능한 사회 구조에 대한 비판이 아니라 어떻게 억압받는 당사자들이 스스로를 재생산하고 자신에게 '불리한' 선택을 하는지, 그것을 가능케 하는 문화는 무엇인지를 묻는다.

저자에게 학교는 평등한 기회를 보장하는 장치가 아니라 불평등을 심화하는 제도다. 노동 계급 부모를 둔 남학생들은 권위에 반항하면서 남성 문화인 '사나이들'로 성장해 간다. 남자아이들은 자신이 솔직하고 직선적이며 성욕에 대해 아주 잘 알고 있는 것을 타고난 우월성의 징표로 삼는다. 이들에게 공부를 열심히 하는 것은 체제 순응이고 '계집애들' 문화다. 남자아이들은 당장의 남성성 획득을 위해 미래를 포기한다.

세상이 이 모양인데 왜 변하지 않는가, 사람들은 왜 지배 세력에 협력하는가. 이 책은 그 주요 원인이 남성성 때문이라고 본다. 그리고 그 주장을 매우 설득력 있게 제시한다. 백인/남성/노동자는 계급적 타자인 자신의 위치를 사회 변화를 위한 분노로 승화하기보다 지배 계급 남성과 동일시하는 근거로 삼는다. 자신이 '비록' 노동자이긴 하지만, 인종적으로는 백인이고 성별로는 남자라는 것이다. 이들은 자신의 계급적 열등감을 이주민과 여성 노동자에 대한 배타성, 우월 의식으로 보상받고자 한다.

마르크스 이론의 결정적 실패 원인 하나는 성별과 인종 개념의 부재다. 전 세계 노동자여, 단결하라? 무엇으로? 남성은 미소지니(여성 혐오)로 단결했지만, 노동자는 인종과 성별, 국적으로 분열되어 있다. 정체성은 다른 정체성과 상호 작용의 산물이지만, 작동 방식은 고착적이다. 남성 노동자, 중산층 여성, 유색인 부르주아는 모두 부분적인 결핍을 지니고 있다. 이들이 인종, 성별, 계급(백인/남성/자본) 구조에 대항해 단결하면 좋겠지만 역사상 그런 사례는 없었다. 1970년대 영국 이야기지만 영원한 함의가 있는 책이다.

백인 남성 노동자는 여성과 유색인종을 비하하고 추방하는데 앞장선다. 그렇다고 그 이익이 그들에게 돌아갈까? 중산층 여성은 가난하고 열등감 많은 남성보다 문화 자본, 경제력, 유머를 갖춘 남성을 좋아한다. 노동자 남성들은 지배 계급에게 저항하는 대신 여성에게 화풀이를 한다.

백인 아내는 성공한 흑인 남성의 상징이다. 성폭력이나 페미사이드(여성 살해)는 낮은 계층 남성이나 '정신 이상자'가 저지른다는 통념이 강하지만, 여성에 대한 폭력은 '남성'이라는 공통점 하나로 충분하다.

있었다

올랭프 드 구주가 있었다 _ 브누아트 그루

폴 토마스 앤더슨 감독이 20대에 만든 영화, 〈매그놀리아〉(1999년)는 등장인물도 많고 내용도 복잡하지만 내게 이 장면만은 영원하다. 아버지에게 성폭력당한 여성은 자기 그림에 이렇게 썼다. "그 일은 있었다." 세상이 아무리 부정해도, 피해 당사자조차 믿을 수 없어도 그 일은 분명히 있었다, 그 일은 있었다, 그 일은 있었다.

이 책의 제목은 "올랭프 드 구주가 있었다"이다. 대개 역사적 인물에 관한 책은 "~생애", "밀림의 성자 슈바이처", "백의의 천사 나이팅게일"처럼 그들의 업적이나 상황이 제목이 된다. 반면 위대했지만 알려지지 않은 사람의 전기는 '~가 있었다'라고, 일단 알려야 한다. "나폴레옹이 있었다."라는 말은 없다. 프랑스어 제목, 'Ainsi soit Olympe de Gouges'는 "올랭프 드 구주, 아멘." 혹은 "올랭프 드 구주, 그의 뜻이 이루어질지어다."

쯤 되지만 "올랭프 드 구주가 있었다."가 적절하다고 생각한다.

'있었다'는 '없었다'는 뜻이다. 모르는 역사는 없는 역사다. 이 책은 프랑스의 저명 작가이자 페미니스트인 브누아트 그루가 쓴 올랭프 드 구주(1748~1793년)의 이야기다. 드 구주가 45세에 단두대에서 처형될 때까지 쓴 글을 체계적으로 모은 저작집이자 평전이다.

프랑스혁명(1789~1794년) 당시 드 구주가 쓴 《왕비(마리 앙투아네트)에게 헌정하는 여성 권리 선언》(1791년)의 전문은 이렇게 시작한다. "남자여, 그대는 정의로울 능력이 있는가? 이 질문을 그대에게 던지는 건 여자다. 적어도 이 권리만큼은 여자에게서 빼앗지 말아 달라."

그리고 유명한 제10조 "근본적인 견해까지 포함해서 누구도 자신의 견해 때문에 위협을 받아서는 안 된다. 여성은 단두대에 오를 권리가 있다. 마찬가지로 그 의사 표현이 법이 규정한 공공질서를 흐리지 않는 한 연단에 오를 권리도 가져야 한다." 현실을 자각한 여성에게는 일상이 연설대요, 단두대다. 바로 앞의 제9조도 인상적이다. "유죄로 선언된 모든 여성은 법에 따라 준엄하게 심판받는다."(148쪽) 통념처럼 여성들은 보호를 요구하지 않았다. 역사가 쥘 미슐레의 증언처럼, 잡범 일곱 명밖에 남아 있지 않았던 바스티유 감옥을 턴 것은 남자들이었지만, 왕의 목을 잡은 것은 여성들이었다.

올랭프 드 구주는 후작의 혼외 딸로 태어나 푸줏간 주인의 손에서 자랐다. 열여섯 살에 결혼, 다음해 남편이 사망한다. 서른두 살부터 글을 쓰기 시작했는데, 문맹인 그는 구술로 글을 남겼다. 희곡, 소설, 회고록, 정치 팸플릿, 편지, 선언문, 변론까지 생애만큼이나 폭넓다.

그는 성차별뿐 아니라 지금 생각해도 놀라울 정도로 인종 차별에 격렬히 저항했다. 이혼, 동거의 자유와 미혼모와 사생아의 권리를 위해 싸웠다. 그의 머리칼을 자르고 길거리에서 그를 끌고 다녔던 공포 정치가들과 후세대들은, 대담하고 똑똑했던 이 여성을 '괴물'이라 불렀다. 무모한 여자, 정신이 불안정한 여자, 용감한 미치광이, 부도덕한 괴물…….

"역사를 모르는 민족에게 미래는 없다."는 억압받아 온 모든 집단에게 똑같이 적용된다. 역사를 모르는 여성에게 미래는 없다. 공부해야 한다. 여성주의 입문서가 필요하다면, 반드시 이 책이어야 한다.

'문명국' 프랑스도 여성 참정권은 법률상으로는 1946년에야 보장되었다. 대한민국은 1948년. 단두대 없이 주어진 권리지만, 그렇다고 해서 소중하지 않은 것은 아니다. 여성을 노골적으로 비하하는 정당에 투표해서는 안 된다. 최소한의 자존심이다. 인권의 전제는 여성의 인권이다. 인권이 있고 그 아래에 혹은 나중에 '그 외 사람들'의 인권이 있는 것이 아니다.

호르몬 과학?

호르몬의 거짓말 _ 로빈 스타인 델루카

미인 대회가 '미스코리아'만 있는 것은 아니다. 기혼 여성이 참가하는 '미즈/미시'부터 '미스 춘향' 정도는 전통에 속한다. 지역 특산물(마늘, 고추, 복숭아……)을 홍보한다는 미인 대회도 셀 수 없이 많다. 한국 국방부는 1972년까지 수영복, 드레스 심사를 포함한 '미스 여군(女軍) 선발 대회'를 개최했다. 외국 사례 중에는 교도(矯導) 행정의 하나로 열린 '미스 죄수 선발 대회'도 있고 '미스 폐경기' 대회도 있다. 역시 압권은 '미스 폐경기'다. 폐경기(완경기) 여성도 아름다울 수 있고, 그러려면 여성 호르몬을 지속적으로 복용해야 한다는 것이다. 당연히 이 대회의 스폰서는 여성 호르몬제를 판매하는 제약 회사다. 젠더와 결합한 '과학'은 돈벌이의 최전선이다.

가부장제 사회에서 미인 대회의 가장 중요한 임무는 여성의 몸에 대한 표준을 제시하고 강제하는 것이다. 모든 미인 대회의 심사 기준은 '인생의 한창때'인 젊은 여성이 참여하는 미스코리아를 따른다. 36-24-36, 170센티미터에 45킬로그램이 공식이다. 그야말로 뼈를 깎지 않는 한 불가능한 상태인데, 실제로 성형 시술을 통해 뼈를 깎는다.

현대 페미니즘은 "여성을 여성으로 만드는 공통성은 몸인가?"라는 문제 제기에서 출발했다. 《호르몬의 거짓말(The Hormone Myth)》은 이에 대한 가장 적절한 '답'으로 보인다. '여성'을 규정하는 신체적 특성으로 여겨지는 생리, 임신, 출산, 완경에 대한 '과학'이 실은 통념에 불과하다는 사실을 '과학적으로' 규명한다. 특히, 생리 이야기는 외워 둘 만하다. 여성주의를 처음 접하는 이들이 가장 많이 하는 질문 중 하나가 "그래도 남녀 간에 생물학적 차이는 있지 않나요?"이다. 그런 의미에서 이 책은 여성주의 입문서로서 최적이다. 기존의 생물학적 사고를 넘지 않으면, 여성주의뿐만 아니라 새로운 사고를 하기 어렵다.

나는 사람들이 흔히 말하는 '생물학적 여성'이 도대체 무슨 뜻인지 모르겠다. 생물학적 장애인? 생물학적 동성애자? 생물학적 흑인? 모두 난센스다. 남/녀는 태어나는 것이 아니라 만들어지는 것 아닌가? 남성의 성폭력 범죄는 페니스가 있어서가 아니라 그들에게 부여된 사회적 권력 때문이 아닌가?

생물학은 가장 오해받는 학문이다. 사이보그, 인간, 기계, 유인원의 경계가 무너진 이 시대에도 여전히 생물학에 대한 가장 대중적인 통념은 '자연의 이치'라는 사고다. 생물학은 환경과의 상호 작용과 그 변화를 연구한다. 생물의 정상성(여성의 경우, 아름다움)을 상정하고 추구하는 작업이 아니다. 이는 여성에만 국한되지 않고 인종, 동성애, 장애, 노화, 기형 개념 등 모든 분야에서 타자를 만들어내는 논리다. 생물학은 번식과 관련한 성별(fe/male) 영역 때문에, 젠더와 페미니즘과 함께 가장 많이 언급되는 '자연과학' 분야이다. 《호르몬의 거짓말》은 말한다. "거짓말은 어떻게 끈질기게 사라지지 않으며, 그런 거짓말을 계속 믿으면 우리는 어떤 손해를 보게 될까?" 이 책을 읽고 정신을 차려야 한다.

지금도 이렇게 생각하는 과학자는 드물겠지만, 여전히 사람들은 'A라는 질병은 B 때문'이라는 가설을 믿는 경향이 강하다. 근대 초기의 환원론, 즉 바이러스, 호르몬, 세포 등 어느 하나가 문제를 일으킨다는 단일 인과론은 설득력을 잃었지만 여전히 호르몬 신화로 인해 생물학과 여성의 관계는 필연적이라고 생각한다. 인간, 사회, 자연의 작동은 어느 한 가지 요소로만 가능하지 않다. 그 한 가지 요소조차 복합적 상황(factors)의 산물이다.

물론 아직도 단일 인과론을 믿는 과학자는 드물 것이다. 그러나 과학에 대한 환상은 끝이 없다. 더불어 발전 지상주의 사회인 한국에서 '남성 과학 전문가'들의 권위주의와 독선, 그들에 대한 대중의 신뢰는 거의 종교 현상에 가깝다. 과학의 신화는 전통적인 자연과학에만 머물지 않는다. 모든 분과 학문에

'과학(science)'이 붙는다. 한국 대학의 단과 대학 명칭을 보자. 농업생명과학대학은 물론 사회과학대학, 인문과학대학, 생활과학대학('가정대학'), 심지어 '예술과학대학'도 있다. 문화과학 비판에서 출발한 문화 연구조차 '문화과학'이다. 심리학이나 사회학의 통계 연구 방법은 전형적인 '과학적' 연구다.

당대 과학의 선두는 생물학이다. 지금 생물학(혹은 유전학)이야말로 가장 첨예한 정치경제학, 문화인류학, 국제정치학이다. 글로벌 자본주의 시대에 인간의 몸, 미디어, 자연 자원, 날씨는 격변의 시대를 맞고 있다.

과학자는 신이 아니다. 과학자이기 이전에 자신의 정체성, 자기 연구의 의미, 자신이 속한 사회의 역사와 언어, 개인의 위치성을 알아야 한다. 동물들의 행위가 약육강식인지, 협력인지, 경쟁인지, 돌봄인지를 판단하는 것은 사람의 일이다. 그러므로 우리는 판단하는 사람은 누구인가를 먼저 질문해야 한다. 잠깐, 백번 양보해서 여성의 모든 문제가 호르몬이라고 치자. 그것도 모두 출산력과 관련이 있다면 저출산 시대에 여성을 보호하고 지지해줘야 하는 것 아닌가. 언제나 인간 문제는 '팩트' 여부가 아니라 '팩트'를 만들어내는 권력에 달려 있다.

여자를 먹었다는 남성은 식인종인가?

남자들은 모두 미쳤어요 _ 윤가현

홍준표의 '돼지 흥분제 사건'으로 나는 두 가지 진리를 다시 확인했다. 국가 안보를 내세워 표를 얻으려는 사람, 정확히 말하면 국민 안전을 대국민 협박용으로 이용하는 사람이 제일 무섭다는 사실과 이 땅에서 오래 살려면 웬만한 일에는 놀라지 말아야 한다는 것이다.

윤간을 비롯해 성폭력을 목적으로 삼아 여성에게 약물을 먹이는 범죄나 데이트 강간은 흔하지만, 막상 돼지 흥분제라는 단어를 들으니 상황 파악이 안 되었다. 친구들에게 물었다. 돼지가 흥분했다는 거야? 남자가 먹고 흥분한다는 거야? 비아그라야?

나야말로 흥분했다. 약물 강제 주입은 성폭력을 이른바 '화간'으로 만드는 것을 넘어, 사망의 가능성을 배제할 수 없는 살인 미수다. 홍준표만 문제가 아니다. 오십 보조차 '소중한 차이'

지만, 다른 대선 후보들도 오십 보 백 보라고 본다. 여성 의식도 인권 의식이라면, 남성 정치인 중에서 인권 의식이 있는 이가 얼마나 될까. 김대중 전 대통령 정도? 이 역시 이희호 여사의 역할을 빼놓고 말할 수 없다. 나는 한국 사회의 극심한 성차별보다 차별 현실에 대한 남성과 여성 사이의 인식 격차가 더 큰 문제라고 생각한다.

안드레아 드워킨은 말했다. "강간 피해 여성이 고통받는 이유는 가부장제 사회에서 강간이 무엇을 의미하는지 알기 때문이다." 성폭력 피해자가 모두 여성은 아니지만, 남성 문화는 강간의 의미를 모른다. 돼지 흥분제에 대한 여성의 분노와 공포를 이해하지 못한다. 한국 남성성 연구가 어려운 이유다. 너무 어이가 없어서 분석 이전에 득도 수준의 마음가짐이 필요하다.

《남자들은 모두 미쳤어요》는 25년 전 내가 여성학을 처음 공부하고 강의할 때 교재로 사용했는데, 남성의 인식은 그때나 지금이나 변화가 없는 듯하다. 지은이(남성)는 서문에 이렇게 썼다. "아직도 성폭력이란 단어는 남성들에게는 용납하기 힘든 용어다." 성 심리학을 전공한 저자는 《동성애의 심리학》, 《정신지체장애와 성》을 포함해 많은 저서를 냈다. 이 책에서는 여든다섯 가지 사례를 들어 남성의 성 문화를 분석한다. 이 글의 제목, "여자를 먹었다는 남성은 식인종인가?"는 그중 하나다.(167쪽)

"수많은 남성들이 여성과 성관계를 갖는 행위를 '여자를 먹는다'고 표현한다. 이는 여성의 의지와는 관계없이 남성의 일방적인 욕구에 의해 성행위가 가능하다는 뜻이다. 그래서 성행위를 '먹는다', '깃발을 꽂는다', '눕힌다'는 승리의 뜻으로 표현한다. 일반인들에게 아주 보편화된 음담패설이 이를 증명해준다." 이후 저자는 거북이의 신혼 여행 이야기, 1학년부터 4학년까지 여대생을 과일에 비유하는 에피소드를 소개하고 있다.

남성 문화에서 돼지 흥분제는 그들이 여성을 '먹기 좋게' 하는 기능제다. 저자는 "여성이 남성에게 먹이처럼 보인다면, 남성은 식인종이든지 야수와 같은 짐승"이라고 남성을 '설득'한다. 짐승과 식인종이 야만이라는 생각에 동의하지 않지만, 만일 지구상에 '야만족'이 있다면 홍준표를 필두로 한 한국 남성보다 더 야만적인 그룹이 있을까. 사실, 남자들은 미치지 않았다. 성폭력은 추잡하거나 변태적이지 않다. 가부장제 사회의 일상적 규범이다. 인간이 인간에게 행하는 가장 오래되고 광범위한 권력 행위다.

홍준표의 사연이 사실이든 아니든, 옛날 얘기든, 용서를 구하든, 속으로 억울해하든, 이 모든 상황보다 더 중요한 문제가 있다. 이 사건이 '정치인 홍준표의 현재'라는 사실이다. 이런 이야기를 책에 썼다는 것 자체가 기본적인 사회성이 없는 것이며 스스로를 비인격화하는 행위다. 가난은 나라가 구제할 수 있지만, 무지에는 대책이 없다. 이런 사람이 법조인, 국회의원, 도지사였다는 현실이 몸서리쳐질 뿐이다. 그의 말대로 이런 남자들이 "대한민국 경제를 움직이고 있다".

후보 사퇴로 끝날 문제가 아니다. 영원한 은둔을 권한다. "설거지가 여자의 본분"이라고 말하는 사람의 본분은 사회를 떠나는 것이다.

심리적 허기

헝거 _ 록산 게이

장르를 불문하고 모든 글은 글쓴이 자신의 이야기이다. 이야기를 쓰는 형식이 다를 뿐이다. 영화든 소설이든 논문이든 신문기사든, 모두 그 글을 쓴 사람의 이야기다. 따라서 '자전적 소설'이라는 말은 동어 반복이다. 자기 현실과 재현 사이의 거리는 글마다 다르지만, 가장 어려운 글쓰기는 《헝거》 같은 형식의 이야기다. '자서(自書)'는 자서전(自敍傳)과 다르다.

성별과 인종, 계급 등 사회적 위치성과 무관하게 '자서'는 상처와 고통의 이야기일 수밖에 없다. 이 이슈는 '드러내기 어렵다'기보다 '잘' 드러내기 어렵다. 자기 연민과 나르시시즘은 최악의 인성이자 글쓰기 태도인데, 그 덫에 걸리기 쉽다. 예술에서 권력자는 상처받은 사람, 피해자이기 때문이다.

하긴 상처가 아니라면, 왜 쓰겠는가? 상처가 없으면 쓸 일도 없다. 작가는(학자도 마찬가지다) 죽을 때까지 '팔아먹을 수 있는' 덮어도 덮어도 솟아오르는 상처가 있어야 한다. 자기 이야기를 쓴다는 것은 경험을 쓰는 것이 아니다. 경험에 대한 해석, 생각과 고통에 대한 사유를 멈추지 않는 것이다. 그 자체로 쉽지 않은 일이고, 그것을 표현한다는 것은 또 다른 형태의 산을 넘는 일이다. 록산 게이의 《헝거》를 읽고, 나는 열패감과 좌절감에서 빠져나오지 못하고 있다. '감히' 그가 부러웠다. 그는 '해냈다'. 그것도 아주 잘 해냈다.

다이어트는 식이요법을 뜻하지만 '살 빼기'의 동의어가 되었다. '현대 여성'들은 평생 다이어트를 한다. '우리'의 삶은 반복되는 다이어트 시도와 실패, 그리고 '다이어트는 내일부터'라는 다짐의 연속이다. 현대 사회에서 비만은 야만이다. 근대적 인간의 조건은 의지(will)이고, 문명은 의지의 실현으로 간주된다. 비만은 자기 통제력이 없음을 뜻한다. 비만은 건강 문제를 넘어 자기 관리의 이슈로 등극한 지 오래다. 건강하고 적당히 마른 몸은 중산층 여성성을 상징한다.

한편, 의지도 돈으로 해결할 수 있는 사회여서 한 시간에 몇십만 원 하는 일대일 개인 트레이닝을 받으면 원하는 몸을 얻을 수도 있다. 몸은 부의 척도다. 비만 인구 중에 가난한 사람이 많은 이유다. 돈은 없고 스트레스는 폭발할 지경인데, 정크 푸드에 손을 대기 시작하면 "정말, 끝장이다."

2002년, 핼리 베리에게 흑인 최초로 아카데미 여우주연상을 안긴 영화 〈몬스터 볼〉의 인상적인 대사. 그는 초콜릿 중독인

아들을 붙잡고 말한다. "(미국에서) 흑인인 데다 뚱뚱하기까지 하면 어떻게 되는 줄 알아!" 미국 인구의 34.9퍼센트가 비만이고, 68.6퍼센트는 과체중이다. 하지만 통념과 달리 흑인 인구는 많지 않다. 12퍼센트 정도이다. 왜 흑인은, 흑인 여성은, "흑인 데다 뚱뚱하기까지" 하면 안 되는가. 이것은 인종이나 젠더 문제라기보다는 몸이 계급성을 상징하기 때문이다.

인종주의, 계급주의 사회에서 뚱뚱한 여성이 겪는 일상은 경험해본 사람만이 안다. 일단, 시민권을 박탈당한다. 조금이라도 옷이 누추하면 노숙자나 좀도둑 취급을 받는다. 물건을 많이 들고 있으면 택시 잡기도 어렵다. 내 경험이다.

우리말 "몸 둘 바를 모르겠다."처럼 존재의 곤경을 잘 나타내는 표현도 없을 것이다. 이 책의 주제 중 하나는 이것이다. '뚱뚱한 나 같은 인간'이 존재해도 되는 것일까. 살아 있어도 되는가. 지구에서 이렇게 공간을 차지하고 있어도 될까. 이 몸으로 만원 버스를 타도 될까. "몸 둘 바(所)를 모르겠다."는 겸양의 의미로 쓰이지만, 직역하면 내 몸이 있을 공간이 없다, 즉 나는 죽어야 한다는 뜻이다.

《헝거》는 여성에 대한 폭력과 심리적 허기가 골격을 이루면서, (성폭력 피해자의) 자아 개념과 어떤 형태의 몸으로 사느냐에 대한 근본적인 문제 제기다. 여성에게는 더욱 절실하고 고통스런 질문이다. 페미니스트는 이중의 삶을 사는 사람들이다. 가부장제 사회에서 그 반대의 삶을 추구하기 때문에, 늘 협상과 자기 검열의 긴장에서 자유롭지 못하다. 페미니스트에게 몸은 어떤 의미일까. 이 책을 읽고 직면했다. 내가 가부장제 사회에서 수용되고 싶은 욕망으로 가득 찬 여자라는 사실을. 내가 록산 게이의 키와 몸무게라면……. 내 삶이 상상이 되지 않는다.

'예쁨', '스타일', '정상성'에 온 신경을 쓰면서 자신과 타인을 억압하는 모든 이들에게 이 책을 권한다. 그리고 인생이 힘든 모든 이들에게 권한다. 용기란, 인생이란, 페미니즘이란, 글쓰기의 모범이란 이런 것이다. 삶은 완성될 수 없는 영원한 과정이라는 진실을《헝거》보다 더 구체적으로 배울 수 있는 책은 드물 것이다. 책을 읽고 글쓴이에 대해 생각하게 되는 책이 있는데, 나는 록산 게이를 발견했다.

| 부록 | 정희진이 읽은 책

1장 몸에서 글이 나온다

《청춘의 감각, 조국의 사상》, 김윤식 지음, 솔, 1999
《유착의 사상》, 도미야마 이치로 지음, 심정명 옮김, 글항아리, 2015
《용서라는 고통》, 스티븐 체리 지음, 송연수 옮김, 황소자리, 2013
《침묵의 세계》, 막스 피카르트 지음, 최승자 옮김, 까치, 1985
《근대초극론》, 히로마쓰 와타루 지음, 김항 옮김, 민음사, 2003
〈끝나지 않는 노래〉, 《참 오래 쓴 가위》, 이희중 지음, 문학동네, 2002
《그 섬에 내가 있었네》, 김영갑 지음, 휴먼앤북스, 2004
《무소유》, 법정 지음, 범우사, 1976
《내가 나를 치유한다》, 카렌 호나이 지음, 서상복 옮김, 연암서가, 2015
《베니스에서 죽다》, 정찬 지음, 문학과지성사, 2003
《우울의 늪을 건너는 법》, 홀거 라이너스 지음, 이미옥 옮김, 궁리, 2003
《늙어감에 대하여》, 장 아메리 지음, 김희상 옮김, 돌베개, 2014
《프로작 네이션》, 엘리자베스 워첼 지음, 김유미 옮김, 민음인, 2011
《김수영 전집 2》, 김수영 지음, 민음사, 1981
《유리문 안에서》, 나쓰메 소세키 지음, 유숙자 옮김, 민음사, 2016
《어머니를 떠나기에 좋은 나이》, 이수경 지음, 강, 2017
〈지배와 해방〉, 《예언자》, 이청준 지음, 문학과지성사, 1977
《근대성과 육체의 정치학》, 다비드 르 브르통 지음, 홍성민 옮김, 동문선,

2003
《루트비히 포이어바흐와 독일 고전철학의 종말》, 프리드리히 엥겔스 지음, 양재혁 옮김, 돌베개, 1987
《숨어사는 즐거움》, 허균 지음, 김원우 엮음, 솔, 1996

2장 우리는 타인을 위해 산다

〈감꽃〉, 《참깨를 털면서》, 김준태 지음, 창비, 1977
《빅터 프랭클의 심리의 발견》, 빅터 프랭클 지음, 강윤영 옮김, 청아출판사, 2008
《제주 유배길을 걷다》, 제주대학교 스토리텔링 연구개발센터, 2013
《모멸감》, 김찬호 지음, 문학과지성사, 2014
《지나간 미래》, 라인하르트 코젤렉 지음, 한철 옮김, 문학동네, 1998
《이창호의 부득탐승》, 이창호 지음, 손종수 정리, 라이프맵, 2011
《토지》, 박경리 지음, 지식산업사, 1979
《법구경》, 법구 지음, 김달진 옮김 · 풀이, 현암사, 1965
《타인의 삶》, 플로리안 헨켈 폰 도널스마르크 지음, 권상희 옮김, 이담북스, 2011
《우리들의 행복한 시간》, 공지영 지음, 푸른숲, 2005
《먼지》, 조지프 어메이토 지음, 강현석 옮김, 이소출판사, 2001
〈크리스마스 선물〉, 《마지막 잎새》, 오 헨리 지음, 이계순 옮김, 청목, 1996
《캐롤》, 퍼트리샤 하이스미스 지음, 김미정 옮김, 그책, 2016
《나의 문학수업 시절》, 이호철 지음, 문학사상사, 1991
《거꾸로 읽는 개미와 베짱이》, 프랑수아즈 사강 글 · JB 드루오 그림, 이정주 옮김, 국민서관, 2013
《글렌 굴드, 피아노 솔로》, 미셸 슈나이더 지음, 이창실 옮김, 동문선, 2002

《가만한 당신》·《함께 가만한 당신》, 최윤필 지음, 마음산책, 2016
《끈》, 박정헌 지음, 열림원, 2005
《사랑하라 한번도 상처받지 않은 것처럼》, 류시화 엮음, 오래된 미래, 2005
《길에서 살고 길에서 죽다》, 한수산 지음, 생활성서사, 2000
《리부팅 바울》, 김진호 지음, 삼인, 2013

3장 내게 '여성'은 고통이자 자원이다

《고통의 문제》, C. S. 루이스 지음, 이종태 옮김, 홍성사, 2002
《나를 대단하다고 하지 마라》, 해릴린 루소 지음, 허형은 옮김, 책세상, 2015
《문명 속의 불만》, 지그문트 프로이트 지음, 김석희 옮김, 열린책들, 1997
《제2의 성》(전 2권), 시몬 드 보부아르 지음, 조홍식 옮김, 을유문화사, 1993
《젠더와 민족》, 니라 유발 데이비스 지음, 박혜란 옮김, 그린비, 2012
《헬렌 켈러》, 도로시 허먼 지음, 이수영 옮김, 미다스북스, 2001
《한 여자의 선택》, 풀란 데비 · 마리에 테레즈 쿠니 · 폴 람발리 지음, 홍현숙 옮김, 둥지, 1997
《남성 페미니스트》, 톰 디그비 엮음, 김고연주 · 이장원 옮김, 또하나의문화, 2004
《가족, 사유재산, 국가의 기원》, 프리드리히 엥겔스 지음, 김대웅 옮김, 아침, 1987
《사랑받지 않을 용기》, 알리스 슈바르처 지음, 모명숙 옮김, 미래인, 2008
《가정폭력의 허상과 실상》, 리처드 겔즈 지음, 이동원 · 김지선 옮김, 길안사, 1998
《한국여성인권운동사》, 한국여성의전화연합 엮음, 한울, 1999
《포르노그래피》, 안드레아 드워킨 지음, 유혜연 옮김, 동문선, 1996

《프로이트 심리학 비판》, 헤르베르트 마르쿠제 · 에리히 프롬 지음, 오태환 옮김, 선영사, 1987
《강남역 10번 출구, 1004개의 포스트잇》, 〈경향신문〉 사회부 사건팀 기획 · 채록, 나무연필, 2016
《하나이지 않은 성》, 뤼스 이리가레 지음, 이은민 옮김, 동문선, 2000
《가스등 이펙트》, 로빈 스턴 지음, 신준영 옮김, 랜덤하우스, 2008
《교육 현장과 계급재생산》, 폴 윌리스 지음, 김찬호 · 김영훈 옮김, 민맥, 1989
《올랭프 드 구주가 있었다》, 브누아트 그루 지음, 백선희 옮김, 마음산책, 2014
《호르몬의 거짓말》, 로빈 스타인 델루카 지음, 황금진 옮김, 동양북스, 2018
《남자들은 모두 미쳤어요》, 윤가현 지음, 나라원, 1993
《헝거》, 록산 게이 지음, 노지양 옮김, 사이행성, 2018

나를 알기 위해서 쓴다

2020년 2월 8일 초판 1쇄 발행
2020년 12월 1일 초판 4쇄 발행

■ 지은이 ———— 정희진
■ 펴낸이 ———— 한예원
■ 편집 ———— 이승희, 윤슬기, 양경아, 유리슬아
■ 본문 조판 ———— 성인기획
■ 펴낸곳 교양인
우04020 서울 마포구 포은로 29 202호
전화 : 02)2266-2776 팩스 : 02)2266-2771
e-mail : gyoyangin@naver.com
출판등록 : 2003년 10월 13일 제2003-0060

ISBN 979-11-87064-45-9 04800
ISBN 979-11-87064-43-5 (세트)

* 잘못 만들어진 책은 바꾸어드립니다.
* 값은 뒤표지에 있습니다.

이 도서의 국립중앙도서관 출판예정도서목록(CIP)은 서지정보유통지원시스템 홈페이지(http://seoji.nl.go.kr)와 국가자료종합목록시스템(http://www.nl.go.kr/kolisnet)에서 이용하실 수 있습니다.(CIP제어번호: CIP2020003326)